通行
上り

D+

dear+ novel
koini naruniwa ososugiru・・・・・・・・・・・・・・・・・・

恋になるには遅すぎる

安西リカ

新書館ディアプラス文庫

恋になるには遅すぎる

contents

illustration：佐倉ハイジ

恋になるには遅すぎる

koini naruniwa ososugiru

1

スマホの充電がやばいことに気がついたのは、小田原《おだわら》を過ぎたあたりだった。

平日午後四時の新幹線こだまの車内は、どこのオフィスだと言いたくなるほどスーツの会社員が詰め込まれていた。それぞれ狭い座席でノートパソコンや資料を広げていて、げんなりすることこの上ない。かくいう和真《かずま》もその一人だ。体格がいいのもこういうときには考えもので、隣の小柄な男がらくらくと座席におさまっているのが羨《うらや》ましい。

品川《しながわ》で下りて会社に顔を出し、出張報告をするか、それとも予定通りに直帰《ちょっき》して明日早めに出社するか…と思案しつつなにげなくプライベートのスマホを出して、2%という電池残量に気がついた。今回の出張はいろいろ気を張ることが多かったので、プライベートのスマホはほぼ放置していた。

とりあえずトークアプリを開いてみると、幼馴染みで同居人の那由多《なゆた》のアイコンに未読マークが7もついている。

同居していることもあり、那由多とはふだんトークアプリでやりとりしない。なんでこんなにメッセージを送ってきたんだ？　と急いで那由多のトークを開いた。見ると、7のうちの6が不在着信だ。一時間前に「今電話大丈夫？」とメッセージを送ってきて、そのあと何度も電話をかけてきている。

〈今新幹線の中。どうかしたか？〉

那由多はテキストメッセージを面倒がるが、それにしても十分置きに電話してくるのはただごとではない。

送ったメッセージは待ち構えていたように既読になって、すぐ返信がきた。

〈今日何時に帰ってくる？〉

〈会社寄ったら八時回る。なんかあったのか？　充電切れそうだから簡潔に言え〉

〈早く帰ってきて！〉

は？　と和真は眉を寄せた。

〈それまで俺一人でなんとか頑張るから、早くね！〉

充電切れそう、というのに慌てたのか、那由多は詳しい説明を放棄した。どういうことだ？と詰問《きつもん》したいところだったが、そこで電池残量が２％から１％に減った。ひとまずアプリを閉じて、膝の上に置いていたタブレット端末で社内チームのスレッドを表示させた。

今回は週をまたいだ出張だったが、トラブル報告はなく、タスク進捗《しんちょく》もほぼ予定通りに進行している。

これなら直帰でいいな、といくつか来ていたチームメンバーからの指示待ち案件に高速で返事をしていき、最後に直属上司に簡単な出張報告と直帰する旨《むね》を伝えた。

これでよし、あとは家に帰るだけ、という段になって、和真はもう一度スマホのトークアプリを開いた。

〈直帰するからあと三十分くらいで家につく。なにがあった？　1・おまえの病気か怪我　2・家の家電及び設備等に緊急事態発生　3・その他〉

ほぼほぼ2だな、と思いながらメッセージを送った。那由多が「俺ひとり」でどこかから水漏れしたのを処理しているとか、電球を替えようとして四苦八苦している姿が容易に目に浮かぶ。職業柄手先は器用だが、基本的に那由多はどんくさい。ややしてトークアプリが反応した。

〈3〉

3？　意表をつかれ、和真は一瞬ぽかんとした。二択ではさみしいから「その他」をつけ加えただけで、他の理由は思いつかなかった。

〈その他ってなんだ？〉

〈あと三十分だね、よかった！〉

よかったじゃねえよ、と「なにがあったんだ？」と重ねて送ったが、もう返事はなかった。

他の人間が同じことをしたら苛立《いらだ》つところだが、小学生のときからのつき合いで、那由多のマイペースな言動には慣れている。

どうせ家に帰れば何があったか嫌でもわかるし、やつが病気や怪我をしていないのなら、まあいい。

いつの間にか新幹線は品川を通過していた。和真は時間を確かめ、駅に着いたらすぐ降りられるようにと荷物をまとめ始めた。

那由多と暮らしているマンションは、駅から五分ほどのところにある。庶民的な二十四時間スーパーやディスカウントショップなども近くにあって、生活するのには便利な立地だ。一応ファミリータイプということになっているが、耐震基準もあやしい古い物件のせいか住人はさまざまで、その意味でも暮らしやすかった。男二人で住んでいても悪目立ちしない。

「那由多?」

狭いエレベーターで四階まで上がると、和真は自宅の玄関ドアを開けた。

「あっ、帰って来た!」

カートを玄関に入れていると奥から那由多の声がした。小さく耳慣れない音楽も聞こえてくる。

「ん?」

革靴を脱ごうとして、和真は小さな運動靴が揃えてあるのに気がついた。青いキャンバス地にゾウのキャラクターが刺繍《ししゅう》してある。流れてくる音楽も教育テレビのものだ。

「叔父ちゃん帰って来たよ、世志輝《よしき》君。よかったね!」

「は⁉」

聞こえてくる那由多のほっとした声に、和真は慌ててリビングに向かった。

「お帰り」

「なんで世志輝がいるんだ⁉」

びっくりして、つい大声を出してしまった。世志輝は三歳上の姉の子どもだ。

「大きな声出したら世志輝君がびっくりするって」

那由多が小声でたしなめた。

「ただでも和真は見かけがいかついのに、怖いじゃん」

「あ、ああ。悪い」

四歳になったばかりの甥《おい》は、ちいさな手を両ひざに置き、うつむいてちんまりとキッチンテーブルの椅子に座っていた。テーブルの上にはなぜか皿に盛ったおつまみが置かれている。

那由多がやれやれ、という顔で近寄ってきた。

「俺、こんな小さい子一人で預かったことないからどうしていいのかわかんなくてさ。家にお菓子とかないし、とりあえずイカ燻製《くんせい》とピーナツでおもてなししてみたんだけど、ずーっとなんもしゃべらないし、動かないんだよ」

五日ぶりの那由多は、見慣れたルームウェア姿だった。伸びすぎたくせ毛があちこちに跳ね、那由多でなければ相当むさくるしいことになっている。

「姉貴は？」

「帰っちゃった」

「帰った？」

「ちょっと預かっててくれないかなって言って、風のように」

困惑している那由多は純粋な日本人だが、「異国人」という言葉を連想させる不思議な容貌《ようぼう》をしていた。睫《まつ》毛《げ》が濃く、目鼻はくっきりしているが、やや斜視《しゃし》気味の目は、たまにどこを見ているのかはっきりしないときがある。二人が育った田舎町では「ものすごく綺麗な子」として有名だった。三十を目前にした今も顔は綺麗なままだが、浮世離れした雰囲気もそのままで、だらっとした白のルームウェアを着た姿はおとぎ話に出てくる美貌の魔法使いのように見える。

「那由多に押しつけてくとか、何考えてるんだ、あの女」

「あの女ってことはないでしょー」

幼馴染みなので、当然姉の由香里《ゆかり》と那由多もよく知る仲だ。が、それは昔の話で、ここ数年は和真を通して何度か顔を合わせている程度だ。とても四歳の息子を託《たく》していっていい関係ではない。

「世志輝、遅くなってごめんな。お母さんすぐ迎えにくるはずだからな」

とりあえず声をかけてちいさな頭に手を置くと、世志輝は縮こまったまま和真を見上げた。

四歳の甥っ子は、誰に似たのかとても繊細《せんさい》な性格をしていた。和真にはそこそこ懐《なつ》いているものの、よく知らない人には絶対に口をきかない。那由多とは何度かこのマンションに来たとき会っているが、人見知りを発動してまったく交流しなかった。今日も地蔵のように固まり続けていたであろうことは容易に想像がついた。

「それにしても、突然連れてきておまえがいなかったらどうするつもりだったんだ?」

和真は定時で帰れることなど滅多《めった》にないし、アパレルでパタンナーとして働いている那由多の勤務体系はやや変則的だ。それは由香里も承知している。

「あ、それは事前に電話があった」

「おまえの携帯に?」

「うん。和真は出張中だけど俺は家にいるよって言ったら、今からちょっと行っていいかなって。だから俺、和真に渡すものでもあって来るんだって思いこんでた。それにしても由香里ちゃん、相変わらず美人でかっこよかったなー。俺ああいうイタリアっぽい着こなしする女の人大好き」

「この際服とかどうでもいいだろ」

那由多がピントのずれた話を始め、和真は苛々とスマホを充電器に差し込んで姉に電話をかけた。

「くそ、出ないな」

数回のコールのあと伝言サービスに繋がったので、「電話をくれ」と吹き込んだ。

「それで、いつ迎えに来るんだって？」

「さあ。今日保育園お休みさせたとか言ってたからなにかよっぽど急用ができたんじゃないのかなあ」

那由多が自信なさそうに言う。

「おまえ、なんも聞いてないのか」

「だって、ええええっ、てびっくりしてる間に帰っちゃったんだもん」

もん、じゃねーだろと思いつつ、圧倒的に自分の姉が悪い。むしろ脇の甘い那由多一人のときを狙って置いて行った可能性が大だ。

「おまえも仕事あるのに、悪かったな」

「今そんなに忙しくないし、俺は別にいいんだけど、世志輝君がずっとああやってしんみりしてるから、可哀想でさ」

二人で話している間も、世志輝は足をモジモジさせてうつむいている。

「そうだ、世志輝、饅頭《まんじゅう》食うか？」

「…おっ、」

出張土産の饅頭の箱を出していると、世志輝が突然口を開いた。

「ん？　なんだ？」

世志輝は和真を見上げて、一生懸命口をぱくぱくさせている。ずっと黙りこくっていたせいですぐに言葉が出てこないらしい。

「おっ」

「お？」

「し、っこ」

一瞬考えてから「おしっこか！」と慌てて世志輝を抱き上げた。

「ちょっと待てよ、ちょっと待てよ！」

トイレまで全速力で世志輝を担《かつ》いで行って、間一髪《かんいっぱつ》で間に合った。

「はー」

ズボンとパンツをひっぺがされて、世志輝は半泣きで便器に座り、それでもほっとした様子でおしっこをしている。

「おしっこ我慢してたんだ？　気がつかなくてごめんね」

和真の後ろから那由多がすまなさそうに謝った。世志輝がふるふると首を振る。大人しすぎるのが気にかかるものの、基本的に世志輝はいい子だ。

「終わったか？」

ぴょこんと便器から下りると、世志輝はズボンとパンツを拾った。丸いお尻が可愛らしい。よいしょよいしょとパンツとズボンを穿《は》くのに手を貸してやっていると、世志輝の顔からほんの少しだけ緊張が解けていた。

「よし、そんじゃすっきりしたとこで手を洗って饅頭食おうな」

ん、とこっくりうなずいて、世志輝は和真に持ち上げられて洗面台で手を洗い、またキッチンテーブルの椅子に座った。

「ちゃんとおしっこ言えて偉かったな」

饅頭の包みをはがしてやりながら言うと、四歳児はほんのりと嬉しそうな顔になった。

「ねえ、晩メシどうする？　今日買い物行きそびれた」

「デリバリー頼むか。その前におふくろに電話してみるわ。なんか知ってるかもしれねえし」

和真の母親は、実父が亡くなったの機に、長年の仮面夫婦を清算して現在は甲府《こうふ》の実家に出戻っている。

「え？」

母親はすぐ電話に出てくれた。むしろ電話がかかってくるのを待ち構えていたようだ。

「義兄《にい》さんが浮気？」

びっくりしたが、デリバリーアプリを眺めていた那由多も驚いたようにこっちを向いた。饅頭をもぐもぐしている世志輝には「義兄さん」が自分の父親だとはわからないだろうし、「浮気」の意味も知らないだろうが、和真は急いでリビングのソファに腰を下ろして声をひそめた。

「それで？」

電話の向こうで、母親はおろおろしていた。

母親が言うには、義兄が浮気をして家出をし、姉は話をつけにいくために母親のところに世志輝を預けるつもりで連絡してきたらしい。が、話をしているうちに遠すぎると考え直して、やっぱいいわ、と一方的に電話を切ったという。

まさか和真のところに置いていくなんて、と母親はショックを受けていた。

「姉貴から連絡あったらまた電話するよ。世志輝は大人しいし、那由多もいるから大丈夫。母さんもなにかあったらこっちに連絡して。うん、それじゃ」

通話を切りながら、あのきつい姉を裏切るとは、義兄はたいしたチャレンジャーだな、と和真はそこに感心した。

「由香里ちゃん、ダンナさんの行先知ってたのかな」

和真の電話を聞いておおよそのことを把握《はあく》した那由多が心配そうに言った。

「そうなんだろうな」

メンクイの姉が選んだ男は、目じりの下がった男前だった。イベント好きの姉は世志輝が生まれてから節目のお祝いをしょっちゅう企画し、そのたびに顔を合わせていた。が、深いつき合いがあるわけではない。

「あ」

そのとき玄関チャイムが鳴った。

古いマンションなのでエントランスにオートロックなどついていないし、モニターフォンもない。でもぴんぽん、と鳴った音で姉だ、と直感した。那由多も同じらしく、目配せしてくる。

「はい」

「那由多君？　あたし。由香里」

世志輝にはちょっと待っててな、と言い置いて二人で玄関に出ると、思った通りの声がした。

「あれっ、和真」

和真がドアを開けると、姉は大きく目を瞠《みは》った。那由多が「イタリアっぽい着こなし」と言っていたとおり、大胆に胸元のあいたブラウスにワイドパンツをはいて、耳元には大きなフープピアスを揺らしている。

「なんだ、あんたもう帰ってきてたんだ」

「直帰した。それより世志輝を置いてくなら、なんで俺に連絡よこさねえんだよ」

挨拶抜きの姉に、和真も挨拶抜きで文句を言った。由香里は「はいはい、ごめんごめん」とめんどくさそうに返事しながら和真を押しのけて中に入って来た。

「ごめんねー、那由多君。迷惑かけちゃって」

これよかったら、と和真の後ろに立っていた那由多に老舗《しにせ》デパートの紙袋を渡し、由香里は早足でリビングに向かった。

「世志輝！」

大人しくキッチンテーブルに座っていた世志輝は、急に現れた母親に、手に持っていた饅頭をぽろりと落とした。みるみる目に涙が溜まる。

「ごめんねー世志輝。いい子で待っててくれて、ありがとね」

まま、とか細い声を出して、世志輝は由香里の腕の中に転がり込んだ。由香里はよしよし、と抱っこして背中をぽんぽん叩いた。

「偉かったね。ごめんね」

大人しい子は泣くときも大人しいのか、としくしく泣いて姉の肩に顔をうずめている甥に、和真も「偉かったな」と頭を撫でた。

「ねえ、晩ご飯まだでしょ？　お礼に奢《おご》るから、お寿司でもとろうよ。世志輝、お寿司好きだし」

世志輝を抱っこしたまま由香里がちらりと和真のほうに視線を向けた。

「あんたに話もあるしさ」

この姉の「話」に巻き込まれて今までろくなことになったためしがない。しかし「話なんかいいからさっさと帰れよ」と邪魔扱いしたら世志輝が可哀想だ。

「おすし？」

世志輝が顔をあげて小さな声で確かめた。涙が頬を濡らしている。姉は小さな息子の丸いほっぺたに自分の頬をくっつけて、「そうだよー」と優しい声を出した。

「おすし、『ぎんじろう』？」

聞きとれるかどうか、というくらいの小さな声だが、さすがに姉とはちゃんと話をする。

「うん、銀次郎に頼もう。世志輝いい子にしてたからね。わらび餅《もち》もつけちゃう」

「わらびもち？」

「うん。ごほうびね」

世志輝がやっと笑顔を見せた。丸い目が細くなり、ふっくりとした頬があどけない。世志輝と顔をくっつけるようにして笑い合い、由香里は可愛くてたまらない、というように世志輝をぎゅっと抱きしめた。

きつい性格の姉には昔から振り回されがちだったが、それだけに世志輝の前だけで見せる優しいお母さんの顔には毎回ほろっとさせられる。

そして『銀次郎』のお支払い額に、那由多はひえっと声をあげていた。

「ほぼ俺たちの一ヵ月ぶんの食費だよ」

「あら、ずいぶんやりくり上手なのねー。っていうか、二人で食費出し合ってるわけ？」

由香里がふと興味を引かれたように訊いた。世志輝は姉の膝の上で、雲丹《うに》といくらを交互につまんでいる。

「いや、メインで料理するのが那由多だから、買い物するのも那由多ってだけ」

「ふーん。ちなみに家賃は？」

「ここは俺が借りてるから、俺が払ってる」

「光熱費も？」

「それも俺の口座から落ちるな」

「ふぅーん……」

由香里が微妙な顔になった。那由多はなんの空気も読まないので、「世志輝君、雲丹好きなんだねー、しぶい」などと言っている。

「それにしても大人しいねえ。この前世志輝君がここに来たのって夏の花火大会のときだっけ。二ヵ月ぶりだね」

このマンションの屋上からは、近くの河川敷《かせんしき》で行われる花火大会がよく見える。マンションの住民はおのおの簡易テーブルにビールを持ち寄って、打ちあがる大輪の花火におおいに盛り上がった。世志輝も由香里と一緒にやってきて、近所のひとたちに「大人しいねえ」「いい子だねえ」と口々に褒《ほ》められていた。

「けど、ちょっと大人しすぎねえか？」

前から気になっていたことを言うと、由香里が嫌な顔をした。

「うるさいなあ。これが世志輝の個性なんだからほっといて」

「でも世志輝君、俺にはぜんぜん、まったく、しゃべってくんないんだもん。さみしいよ」

「俺にだってめったに口きかねえよ」

世志輝は自分が話題になるのが居心地悪いらしく、うつむいた。

「それにしたって誰に似たんだろうな。どう考えてもうちの家系じゃねえから、義兄さんのほうか？」

由香里は話をさえぎるように「世志輝、わらび餅おいしい？」と息子のほっぺをつついた。目で「今ダンナについての話はするな」と牽制《けんせい》してくる。

「世志輝、このおじちゃん覚えてるだろ？　この前一緒に花火見たし、その前も二回くらいこ来たとき会ってるんだけどな」

話を変えると、「あんたはともかく、那由多君はおじちゃんじゃないでしょー」と由香里がさっそく混ぜ返した。

「あんたはともかくってなんだよ。那由多と俺、同じ年だぞ？」

「まあ那由多君の場合は若く見えるっていうより年齢不詳ってほうが合ってるかもね。ちょっと国籍不明なとこもあるし」

「えー？　おれ日本語以外話せないよ」

「見かけの話だっつの。おまえの場合日本語だって怪しいぞ」

「えぇー」

だらだらどうでもいいことを話しているうちに、いつのまにか由香里の膝の上で世志輝が舟をこぎ出していた。由香里が気づいてそうっと抱きかかえてソファのほうに行った。

「あのさ、折り入ってあんたに頼みがあるんだけど」

世志輝をソファに寝かせ、由香里がキッチンテーブルを振り返った。

「世志輝をしばらく預かってくれないかな」

なんとなくそう言い出すだろうなという予感があった。

「無理に決まってんだろーが」

「そこをなんとか！」

即答で断ると、かぶせ気味に再度お願いされた。寿司桶《おけ》に残っていたガリをつまんでいた那由多は目を丸くしている。

「義兄さんと揉《も》めてるんだってな。母さんから聞いたぞ」

世志輝が寝たからにはもういいだろう、と和真は切り出した。

「この際、浮気はいいことにするよ」

由香里がすくっと立ち上がった。目に闘志が浮かんでいる。

「だけどあいつら、店の売り上げを持ち逃げしやがった。それだけは絶対に許さん」

キッチンテーブルに戻ってくると、由香里はどかっと座り直した。

「あいつらって？」

「ダンナと浮気相手の女。今、きっちりウラとってきた」

ファイティングスピリット溢れる姉は、大学在学中からあれこれやっていたが、数年前に「大勝負だ」と挑《いど》んだレストラン経営で成功し、ひと山当てていた。詳しいことは知らないが、その羽振《はぶ》りのよさには目を瞠るものがあった。

「世志輝の父親だからって容赦《ようしゃ》しねえ。女ともども警察突きだしてから離婚だ」

「ちょっと落ち着けって」

和真は残っていたビールを姉のグラスに注《つ》いだ。由香里がひと息に飲み干す。

「でも浮気した上にお金持ってくなんて、それは由香里ちゃんが怒るの、当たり前だよ。ひどいねえ」

那由多が怒って口を挟んだ。怒っているのに口調が妙に間延びしているのはいつものことだ。

「そうでしょ、ひどいよね」

「うん、ひどいよー。それは誰でも怒るよ」

本人にはそんな意図はまったくないのに、那由多はこういうとき、場の緊張を緩和《かんわ》させる不思議な力を持っている。昔クラスメートが「安曇《あずみ》の人を脱力させる能力はすさまじい」と揶揄《やゆ》まじりに評していたが、今も頭に血が上りかけていた姉が肩から力を抜くのがわかった。

「金って、どのくらいだよ」

クールダウンしたところで、気になっていたことを訊いた。

「土曜の売り上げぶん、レジから現金持ってった。いつの時代の不肖《ふしょう》の息子だよって感じで笑えるっしょ。まあうちの店は現金払いのお客さんなんかほとんどいないからたいした額じゃないんだけど、店の金に手をつけるなんてありえない。持っていくならあたしの財布から抜いていけって話だよ」

悔しそうに言って、由香里はやけくそのようにガリを口に放り込んだ。万が一、資金がショートするような額を持ち逃げされていたら、と心配していたので、それにはひとまずほっとした。そもそも義兄《あに》は小心者だ。一応姉の共同経営者ということになっているが、実質ヒモだな、と母親から洩れ聞く話で理解していた。持ち逃げする金すら姉にとっては小遣い程度の額らしく、憐れと言えば憐れな話だ。

「由香里ちゃん、ダンナさんの居場所わかってるの？」

那由多が心配そうに訊いた。由香里の口振りからはまだ直接会ってはいないようだ。

「心当たりはいくつかあるし、いざとなったら興信所使うよ。この際シロクロつけるためだったらお金なんかいくらでも払ってやるわ」

目が据《す》わっていて、こういうときの由香里の決断力と行動力のすごさはよく知っている。那由多もうへぇ、というように首をすくめた。

「姉貴の事情はわかったけど、俺たちが世志輝を預かるのはやっぱり無理だぞ」

和真は現実的な話をした。

「俺は会社があるし、那由多だってずっと家にいるわけじゃないし。それより今来てくれてるシッターさんがいるんだろ？　その人に頼んだほうが確実なんじゃないのか」

「あの人は保育園のお迎えと、そのあとあたしが帰ってくるまでの契約だから無理。泊まりでみてくれるシッターさんもいるんだけど、世志輝は人見知りだから急に新しい人お願いするのは厳しいよ。それに家だとどうしても世志輝に聞かせたくない話耳に入れちゃうから、決着つくまでどっか別のとこに預けたいんだよね」

「じゃあ母さんしかいないいな」

「前の家にいてくれてたらそうしたんだけど、もう今は甲府だからな…」

母娘二代で離婚になるのか、と和真はちらりと考えた。

那由多はテーブルに肘《ひじ》をつき、烏賊《いか》をくわえて何事か思案していたが、ややして「俺はいいよ」と言った。

「一週間くらいだったら、なんとかなるよ。ちょうど一番めんどくさい仕様書出し終わったとこだし、デザイナーさんに呼ばれたら行かなきゃだけど、世志輝君は大人しいからいざとなったら連れてってもいいし。うち、そのへんは理解あるからだいじょうぶだよ」

「いいの？」

由香里が前のめりで訊いた。

「俺はね」

那由多が和真に視線をよこす。

「……」

和真も抱えていたトラブル処理のメドがついたところではあった。代休も溜まっていて、そろそろ総務から消化するように声がかかるタイミングでもある。那由多と二人で協力すれば、確かに一週間くらいはなんとかなるかもしれない。

「和真だって世志輝君にごたごたした話、聞かせたくないでしょ？」

那由多が小声で言った。

和真の両親は長年不仲で、ちくちくと厭味《いやみ》の応酬《おうしゅう》をしているのが子ども心にも嫌でたまらなかった。那由多も親が離婚していて、スナックのママをしていた母親がしょっちゅう店の客を家に連れ込んでいた。お互い親の嫌な部分を見せられてうんざりしてきたのは同じだ。

「それはまあ、そうだな…」

ソファで丸くなって眠っている世志輝を見ると、無理だ、で突っぱねるのは無責任な気がしてきた。仮にも世志輝は自分の甥だ。

「できるだけ早くカタつけるように頑張るし、様子見にちょくちょく顔出すから。お願いします」

由香里が珍しく真面目に頭を下げた。いつも強気な姉に下手《したて》に出られると、どうにも据わりが悪い。

「――どんなに長くても一週間だぞ」

「ほんとっ？」

和真が腹を決めると、由香里はぱっと笑顔になった。

「恩に着る、弟よ」

それじゃさっそく着替えとか取ってくる、と由香里はせっかちに腰を上げた。

「ところであんたたち、もしかしてつき合ってんの？」

玄関のところまで那由多と一緒に見送りに行くと、由香里はそういえば、というふうに振り返って訊いた。

「はぁ？」

「またそれかよ」

由香里は首を傾げた。

「なんだ、違うのか。あんたたち、ここんとこずーっと彼女いないみたいだし、あれ、今度こそひょっとしてひょっとすんのかなーって思ってたんだよね」

「ねーよ」

まさかぁ、と笑っている那由多を横目で見て、和真も呆れた顔をしてみせた。

「いくら彼女がいなくても、それはナイでしょー」

那由多がのほほんと否定している。

まあ、そらそうだ。

ねーよ、…ねーよな…。

「ごめんごめん。それじゃ急いで行ってくるね」

ちょっと訊いてみただけ、という態度で、由香里はあっさり疑問をひっこめた。

ドアがバタンと閉まって、足音が遠ざかる。

由香里が「あんたたち、もしかしてつき合ってんの？」と訊いてきたのは、実はこれが初めてではなかった。

中学のときも高校のときも、ことあるごとに「もしかしてあんたたち、デキてんの？」と無遠慮に訊いてきたし、同居を始めたときは確信をもって「とうとうつき合うことにしたんだ？」と訊いた。

そのたびに二人で「まさか」「ねーよ」と笑い飛ばした。

俺たちはどっちもゲイじゃないし、彼女だっていたし。

由香里はそのたびに「ふーん」と納得したような、しないような顔をしていた。

「由香里ちゃん、何回同じこと訊くんだろうね」

いつものとらえどころのない口調で言って、斜視気味の目で和真を見ている。視線がわずかにずれる那由多の瞳は、睫毛が密集していて鬱陶《うっとう》しいほどだ。

「まったくな」

那由多は基本、空気を読まない。人の思惑にも無頓着《むとんちゃく》だ。

でもこの件に関してだけは昔から敏感だった。たぶん、和真の内心にうっすら気づいてもいる。

那由多がリビングに引き返した。ゆったりした白いルームウェアに細い身体が泳いでいる。和真はなんとなく玄関に佇《たたず》んだまま、幼馴染みの見慣れた後ろ姿を見つめた。

知り合って二十年、同居して五年。

危うい空気になったことは、一度や二度ではない。

でも「それはない」。

自分たちは幼馴染みで同居人。それ以上には絶対ならない。

和真もリビングのほうに向かった。

どんなに惹《ひ》かれても、危うい衝動に負けそうになったとしても、「あと一歩」は踏み出さない。そう決めているし、自分の自制心には自信があった。たぶん那由多もそれをわかってくれている。

だからこそ五年も暮らしてうまくいっているのだ。

それはこれからも変わらない。

2

安曇那由多《あずみなゆた》、という画数の多い名前の転校生がやってきたのは、和真《かずま》が小学三年の二学期だった。

都内から特急で一時間ほどの田舎町は、先祖代々ここで暮らしている地元民と、土地開発に伴《ともな》って流入してきた住民とがほどよく混ざり合い、田んぼとショッピングモールが共存する暮らしやすい町だった。

大手企業の支社も多いので、学期ごとにクラスメートが転校していったり転校してきたりは珍しくもなんともない。

ただ、那由多は名前と見かけが少々珍しかった。

「なゆた、というのはとてもたくさん、という意味です。かっこいい名前だね」

担任は黒板に那由多の名前を漢字で書き、横に「あずみなゆた」と読み仮名を振って自己紹介するようにと促《うなが》した。

「あずみなゆたです」

那由多は特に緊張する様子もなく、かといって元気いっぱい、というわけでもなく、淡々と名前を言った。和真はよろしくお願いします、と続くのをなんとなく待っていた。が、那由多は名前だけを放り出すように言って、あとは口をつぐんでしまった。たまたま教室の一番前の席だった和真は、なんだか据《す》わりが悪くてじっと那由多を見つめた。それに引っぱられたように、那由多もふっと和真を見て、視線が合った。

斜視《しゃし》、というのをそれまで和真は知らなかった。

あとから知ったが、那由多の場合は「間歇性外斜視《かんけつせいがいしゃし》」といって、体調や気分でずれたりずれなかったりで、さらに斜視の程度もほんのわずかだった。目が合った、と思った瞬間、那由多の右の瞳がわずかにそれて、あれっと思ったときにはもう那由多は別の方向を見ていた。

「学級委員の辻《つじ》、しばらく安曇君のお世話係な」

担任は無造作に和真の横の席の児童を移動させ、そこに那由多を座らせた。

「安曇君、わからんことあったら、辻になんでも聞いてな。学級委員だから」

那由多は静かに和真の隣に座ったが、すぐ顔をしかめた。

「きしょくわるい」

なにか声をかけておこう、と顔を向けていた和真に、那由多は唐突に呟いた。

「は？」

喧嘩を売られたのかと誤解しかけたが、那由多が腰を浮かせたので、前に座っていた子の体温が椅子に残っていたのが気持ち悪い、という意味だとすぐにわかった。

なんだこいつ。

無遠慮な発言に、自分とは絶対相いれないやつだ、と直感した。

辻君はとにかく真面目です、と親子面談のたびに和真は担任にそう評された。

責任感が強くて几帳面《きちょうめん》で、と重ねて褒《ほ》められ、単純な母親は嬉しそうだったが、自分のその性質が嫌いな父親からの遺伝だと感じていたから、和真はまったく嬉しくなかった。担任のかけてくれた言葉は、裏を返せば融通《ゆうずう》が利《き》かなくて頑固《がんこ》だということでもある。洗面所のタオルが湿っていた、朝飯の箸《はし》の向きが逆だった、と朝から細かいことでいちいち厭味《いやみ》を言う父親のような人間にはなりたくない。

那由多は椅子から腰を浮かせたまま和真のほうを見た。

わずかに右の黒目が外にずれて、あ、と思った瞬間、那由多はまた唐突に「つじかずま」と和真の名前を呼んだ。ノートの名前に目をやっている。

「かずま」

「うん」

確かめるように下の名前を呼ばれ、戸惑いながら返事をすると、那由多はにこっと笑った。

たったそれだけで、那由多がダイレクトに心を開くのがわかった。

ずっとあとになって、何かの話の流れで、那由多は「転校して一番前の席にいた和真の顔見た瞬間、あっ俺の身内がいた、くらいに思っちゃったんだよねえ、なぜか」としみじみ述懐《じゅっかい》していた。「俺は天敵が転校してきた、くらいに思ったけどな」と和真が冗談半分に明かすと、マジで？　と驚いていた。

実際、マイペースで人の思惑などまったく気にしない那由多に、和真は初めのころ腹を立てっぱなしだった。世話係にされた以上ほうっておくわけにはいかない、という義務感だけで那由多に接していたが、那由多のほうはなんの屈託《くったく》もなく「和真」と呼んで近づいてくる。なんだこいつ、と何度思ったかわからない。

しかしその強いマイナスの感情は、しばらくして逆の方向に振れ始めた。

なんだこいつ、という尖《とが》った気分は、なんだこいつ、という驚き、そしてなんだこいつ、という愉快な気分に上書きされた。

確かに那由多は「身内」だった。和真が絶対にやらないこと、本当はやりたいけれど性格的にやれないことを、平気でやってのける。

「安曇君が勝手に飼育小屋の中に入ってうさぎに餌《えさ》をやっていました」

「安曇君だけ上靴を履《は》かないで裸足《はだし》になってるの、よくないと思います」

「安曇君は日直なのにぜんぜん日直の仕事しないでさぼってばっかりでずるいです」

学級会では毎回つるし上げられたが、那由多は言い訳するでもなく、反省するでもなく、ただ妙にぽかんとして黙っている。そのたびに和真は学級委員として形式的に注意をして「次からちゃんとしてください」で締めくくった。

那由多は永遠にちゃんとしないとわかっていたが、いつの間にかちゃんとしない那由多が大好きになっていた。

運動神経はいまいちのくせに、那由多は思いつきで校庭の楠《くすのき》の大木に上って下りられなくなったり、立ち入り禁止の旧校舎に入って腐《くさ》った床を踏み抜いたりする。そのたびに大騒ぎになった。

大人に知らせが行く前に、和真は那由多を助けに行った。

那由多はたいてい半泣きになっていたが、和真の姿を見るとほっとした顔になる。自分がヒーローになったみたいで誇《ほこ》らしく、そして「よくこんなことしてみようと思ったな」と那由多の思いつきと行動力に感心した。

助けに行くと言っても同じ小学生なので、最終的には二人一緒に助け出されることがほとんどだったが、和真が行くととりあえず那由多は大人しく救出されるまで待てる。和真は「責任感が強い」「友達思いだ」と褒められていたが、実際は自分の意思では絶対できない冒険をさせる那由多に、どこかでわくわくしていた。

一人で行くなら俺を誘えよ、と言ったことがある。那由多は首をかしげてなにごとか考え、「だって、そのときにはもうやっちゃってるんだよねえ」と残念そうに答えた。

「それに、どうせあとから和真が来てくれるし」

那由多をただの「友達」以上に思っていると気づいたのはいつだろう。

親友、という言葉にあてはめて納得していたのは中学までで、でもそのころにはもう那由多のときおりずれる瞳にひそかな情動を感じていた。

那由多が転校してきたのは両親の離婚が原因で、母親は駅前のスナックで雇われママをしていた。那由多の母親だけあって、美人のママに店は繁盛《はんじょう》していたようだ。夜は祖母しかいないない那由多のところに、和真はしょっちゅう遊びに行った。諍《いさか》いの空気に満ちた自分の家にいたくなかった。

那由多の家は広い田舎の一軒家で、那由多は続きの和室二間を自由に使っていた。祖母のいる居間とは端と端で、和真はいつも庭から直接那由多の部屋に出入りする。一緒にゲームをしたり漫画を読んだりして、休日の前にはそのまま泊まることも多かった。

那由多には「寝る時間」という概念がなく、眠くならない限りは起きている。勝手に泊まるので客布団があるわけでもなく、寝るときには那由多の布団で一緒に寝る。和真はコントローラーを握ったまま力尽きて寝入った那由多をしょっちゅう布団の中に引き入れた。

でもそれも中学に入るまでだった。

兄弟のようなものだったから、くっついて寝てもなんとも思っていなかったのに、小学校を卒業する前後から、和真はなんとなく那由多を「意識」するようになっていた。

姉が彼氏を家に連れてきていちゃついているのを目にするようになったこと、少し前に精通を経験したことが影響しているのは自分でわかっていた。

友達の兄弟から過激な漫画やエロサイトの情報が回ってくるたび、那由多にも見せて、ふたりで「ひえー」「なんだこれ」と興奮したが、そのときも和真はふっと那由多の唇やちらっとのぞく舌にどきどきしていた。

那由多のやや斜視ぎみの目を「色っぽい」と思うようになったのも同じころだ。

転校してきてすぐのころは、ときどきずれる那由多の目に戸惑ったが、いつの間にか慣れてなんとも思わなくなっていた。

それなのに、急にまた那由多のわずかにそれる右の瞳が気になって仕方なくなった。しかも昔の「あれ？」という無邪気な戸惑いとはまったく違う。

密集した睫毛《まつげ》が瞬《またた》いて淡い虹彩《こうさい》のにじむ褐色《かっしょく》の瞳がわずかにそれると、和真はどこを見ているのかわからない視線に心をつかまれる。そしてすぐまた戻ってくる視線にほっとする。

キスしてみたい。

その衝動にかられたときのことを、和真は今でも生々しく思い出すことができる。

中学に入ってすぐの、最初の定期テストの前日だった。

那由多は布団の中で漫画を読んでいて、和真はその横で英単語を暗記していた。集中力が切れてふと目をやると、那由多がすうすう寝入っていた。

伸びすぎた髪が頬にかかり、唇がほんの少し開いている。

那由多が綺麗な顔をしているということは、もちろん知っていた。

睫毛が濃く、くっきりとした二重《ふたえ》で、細い鼻梁《びりょう》は形がよく、唇は蠱惑的《こわくてき》にほんの少しまくれている。

でもそれはただの情報で、那由多の苗字が安曇だとか、祖母と母親の三人暮らしだとか、忘れものと遅刻の常習犯だとかと同じような、ただの事実だった。

それなのに、突然、激しい欲求と結びついた。

触れてみたい。

キスしてみたい。

吸い寄せられるように眠っている那由多のそばににじり寄り、顔を近づけ、――そこで和真は我に返った。

今、俺は那由多になにをしようとした？

猛烈に動揺し、混乱した。

男同士だという前に、友達に対してそんな衝動を感じたことが衝撃だった。那由多にも悪い。和真がどんなに遅くなっても家に帰るようになったことに、那由多は最初文句を言った。「なんでこのごろすぐ帰るんよ」と訊かれて、和真は親にいい加減にしろって怒られたから、と言い訳をした。眠っている那由多を見ると勃起《ぼっき》するから、とはとても言えない。

自分の異常な欲求にうろたえたし、那由多に対してうしろめたかった。

でも距離を置こうにも、那由多がいないと物足りない。誰よりも一緒にいてしっくりくるのも那由多なのだ。

葛藤《かっとう》から抜け出せたのは「脳が誤作動を起こしているだけだ」という理屈を見つけたからだ。ちょうどそのころ読み漁《あさ》っていたSF小説にその一節があり、和真は謎が解けた思いで安堵《あんど》した。作中の主人公もアンドロイドに恋をしてうろたえ、マスターに「未熟な脳が誤作動を起こしているだけさ。いずれ君が成長すれば解決する」と笑って看破《かんぱ》されていた。

那由多の顔が綺麗すぎるから脳が誤作動を起こしているだけなら、放っておけばいずれは元に戻る。

実際、人間は慣れの生き物で、和真はだんだん「ああ、またきたな」と衝動をやりすごせるようになった。

そうこうしているうちに、那由多は突然ファッションに目覚めた。

「ねえねえ和真、これすごくない？」

那由多が物置きにあったという古い音楽雑誌を引っ張り出してそんなことを言ったのは、中学に入った年の夏休みだった。

和真は毎日部活があったが、帰りには必ず那由多の家に寄っていた。

「なんだ？　それ」

「母さんが若い頃好きだったんだって。グラムロックっていうらしい。超カッコいい」

「へー」

正直、和真にはさっぱりよさがわからなかった。レザーパンツの腰にリアルな鶏《にわとり》の頭をぶらさげたり、シルクハットをかぶって女ものの網《あみ》タイツをはいたりしているロックスターを見ても、「変態だな」以上の感想は湧いてこない。

しかし那由多は強く心を揺さぶられたようだった。

「どんな音楽なんだろうな」

「さあ」

しかも肝心《かんじん》の音楽には興味はなく、ひたすら「カッコいい」と彼らのファッションをためつすがめつしていた。

「家にミシンがあったんだよ」

しばらくして、またそんなことを言い出した。

「服縫《ぬ》うのか?」

「縫った。ほら」

母親の若い頃の服もたんまり押し入れに残っていて、那由多はそれを勝手に裁断して縫い合わせ、リメイクしていた。グラムロックのスター風に。

「それ、自分で着るのか?」

「うん」

当たり前だ、という顔で那由多はそれを黒いぴったりしたパンツの上に着た。

「あー、もうちょっとここんとこ長くしたらよかった」

姿見の前で腕を上げたり下げたりしてぶつくさ言っている那由多の顔はいきいきしていた。

あっけにとられたが、那由多が唐突なのはいつものことだ。那由多は好きなことしかしないし、他の意見は受けつけない。

その年の夏休み、那由多はひたすら服を縫うのに熱中していた。最初はお気に入りのグラビア写真を真似していたが、だんだん独自の工夫をするようになり、めきめき裁縫《さいほう》の腕も上げた。

母親の古い服をあれこれ組み合わせ、色も形も複雑な一着を縫い上げては普通に外でも着て歩く。

それまで那由多は「ものすごくかっこいい子」として近隣ではちょっとした有名人だった。顔も整っているが、とにかくスタイルがよかった。手足が長く、頭が小さい。ローカル番組の「うちの町のアイドル君」という企画で取材されたり、タウン誌の「美形じゅずつなぎ」のコーナーでモデルを頼まれたりして、中学でも当然モテていた。

それがいきなり目を剝《む》くような服を着始めたので、周囲は騒然となった。

二人の校区の中学は標準服というのを採用していて、白のシャツと黒か紺のボトムならなんでもいいとされていた。那由多はそのゆるい指定をさらに無視して、二学期が始まると、毎日自分の作った服で登校した。担任も生活指導の先生も真っ赤になって怒っていたが、那由多は伝家《でんか》の宝刀《ほうとう》「聞き流す」でのほほんと我《が》を通した。

「安曇君、どうしちゃったの?」

「せっかくのイケメンも霞《かす》むインパクト」

「芸人さんみたい…やめてほしい…」

和真もバスケ部で活躍していて、女子にはそこそこ人気があった。「遅刻ばっかりしてる美形の安曇君」と「成績優秀でバスケ部エースの辻君」が幼馴染みで大親友、というのは女子の心をくすぐるらしく、相乗効果でモテていた。

しかしそれも那由多が服にハマるまでだった。

「へんな格好するようになってから安曇の人気がた落ちで、辻までワリ食ってんじゃねーの」バスケ部の仲間にはそんなことを言われたが、和真は「また那由多が変なことを始めた」と面白く思っていた。

奇天烈《きてれつ》ファッションの那由多と一緒に歩いていると、通りすぎる人はたいていぎょっとして二度見するし、くすくす笑う人もいる。那由多はまったく平気だし、和真も別に気にならなかった。那由多が変わっているのは今に始まったことじゃない。

住民の交流さかんな田舎町で、那由多の噂はすぐ姉の耳にも入った。子ども会で一緒だった縁もあり、姉も那由多のことはよく知っている。

「へー、あの子やっぱり変わってるねー」

由香里《ゆかり》は面白がって、「那由多君、こういうのも好きなんじゃない？」と都内にある有名な古着屋が発行しているというカタログをくれた。古着屋のオーナーが自分の店にやってきた客のスタイリングをスナップしたものだ。

グラムロックのスターよりはまともに思えたが、やはり「ミリタリーとアンティークドレスを組み合わせてみました」というファッションには理解が及ばない。しかし那由多はうわぁ、と目を輝かせた。

「和真、俺ここ行きたい！」

「よし、そんじゃ行こうぜ」

小学生のころは一人で楠の大木や幽霊校舎に突っ込んで行ったが、そのときは和真にも声をかけてくれた。

片道一時間の距離と、二ヵ月分の小遣いに相当する交通費をかけて、冬休みに初めて二人だけで都内にでかけた。

「俺、将来は服に関わる仕事したい」

それまで高校進学さえどうでもよさそうにしていた那由多は、古着屋めぐりを満喫して、帰りの電車でそんなことを言っていた。

「デザイナーになるのか？」

「わかんない。お店やるのもいいな。とにかく服の仕事」

それからときどき二人で都内に出かけるようになった。

和真は服には興味がないが、那由多と二人だけで遠出するのは楽しい。

都内まで出るとそこで別れて、和真は当時はまっていた海外ＳＦ小説の新刊や原書を見に大型書店に行き、那由多とは適当な時間に合流するのが定番になった。那由多は「きみ、面白いの着てるね」「その服自分で縫ったの？」「えっ、中学生？」といろんなところで顔を覚えられ、その界隈《かいわい》ではちょっとした有名人になっていた。

一緒に写真を撮ろうと声をかけられたり、洒落《しゃれ》たカフェでご馳走《ちそう》してもらったりして那由多の世界はどんどん開けていき、でも別にさみしいとは思わなかった。那由多の一番そばにいるのは自分だという確信はまったく揺らがない。

都内に出た帰りの電車で、那由多はいつも眠り込んで和真にもたれた。キスしたくなる、どきどきする、という現象は、そのころにはもう慣れきって、逆になんとも思わなくなっていた。ただやり過ごすだけのことだ。

夜、那由多の部屋で本を読んでいると、ミシンと格闘していた那由多が「つーかーれーたー」とふざけて和真の背中に乗ってくる。重い、と振り落とすとまた乗ってくる。

「何読んでんの」

「古典」

「古典？」

「アシモフ」

「なにそれ」

肩越しにのぞきこんでくる那由多は、しょっちゅう和真にくっついてきて、そして気が済むと離れていく。

そのころにはさすがに「脳の誤作動」説は捨てていた。ただし那由多以外の男にそういう意味での興味は一切ない。学校でも「可愛いな」と思うのは女子だし、テレビのアイドルでも目がいくのは女の子だ。

那由多が綺麗だから、というのは確かにある。きっかけはもしかしたら脳の誤作動なのかもしれない。でももう「ほうっておけば治る」とは思えなくなっていた。

もし那由多が女だったら――、とふと考えることもあったが、そもそも女の子だったらここまで心を許してつき合えなかった。だからそんな仮定に意味はない。那由多は那由多だ。

「あんた、もしかして那由多君とつき合ってんの？」

同じ高校に進学が決まったとき、由香里はこそっと訊いてきた。和真は姉と同じ進学コースで国立特進科に推薦《すいせん》入学し、那由多は面接と小論文で服飾科に入った。

そのこそっとした訊きかたに「でしょ？」的な確信を感じて、和真は「ねーわ」と一刀両断にした。

「ふーん？」

「男同士でなんでつき合うんだよ」

「うちのいがみ合う親見てて、女嫌いになったのかなーとかさ。那由多君ちもなかなかアレみたいだし」

「人んちのこと、あーだこーだ言うなよ」

「はいはい、ごめんね～」

那由多の母親がしょっちゅう店の客を家に連れ込んでいるのは和真も知っている。泊まりに行ったとき、きわどい気配を感じたこともあった。

和真の家のほうも昔から不仲で、和真は気難しく厭味な父親も、怠惰《たいだ》で言い訳がましい母親も、同じくらい嫌いだった。早く離婚すればいいのにとずっと思っていたが、資産家の娘だった母親は生活力がなく、一時の気の迷いで結婚したことを延々と後悔し続けていた。

大恋愛のなれの果てがあれだ。

惚《ほ》れっぽい姉の男遍歴《へんれき》を見ていても、恋愛なんか一時の気の迷いだ、としか思えない。那由多とそんな関係になりたくない。

もし那由多に好きだと言ったらどうなるんだろう、と何回も考えた。

那由多の性格からして和真が強く求めれば受け入れてくれる気がした。なによりふと目が合ったとき、那由多のほうも明らかに意識していると感じることがあった。自分が「そういう目」で見ていることを、那由多も感じているはずだ。

あとから考えて、あの時期が一番危うかったと思う。

和真ー、とふざけて背中に乗っかってくる那由多を「重い」と振り落としながら、今俺が逆に押し倒したらどうなるんだろう、と考えていた。

でもしなかった。

和真の中の「あり得ない」という禁忌《きんき》は強く、何よりそんな一時の気の迷いで那由多との関係を失うのは嫌だった。

「ま、服飾は女子だらけだし、那由多君ならすぐ彼女ができるか」

高校に入って、由香里の言ったとおり、すぐ那由多には彼女ができた。でもその前に和真のほうが同じクラスの女子に告白されてつき合い始めた。

女の子、というものに年相応の好奇心があったし、その子自身もいい子だった。なにより、ひそかに那由多に対して感じる強い情動がおさまるかもしれない、という期待があった。でもだめだった。

確かに好きなはずなのに、彼女といるより那由多といたい。

初めてできた彼女とは、半年つき合った。

別れたのは、那由多が「俺、ふられちゃったよ」と言ってきてすぐだ。がっかりしているような、そうでもないような顔で報告してきた那由多を眺め、やっぱり脳が誤作動してるわけじゃなかったんだな、と和真は妙に冷静にそんなことを考えていた。彼女とひととおりのことを経験しても、やっぱり那由多の長い睫毛と揺れる瞳に心が引っ張られてしまう。

「まあ、那由多ならすぐまた次があるだろ」

和真が慰めると、那由多はいつものつかみどころのない顔で「そうかなあ」とつぶやいた。

「だから、そんなに落ち込むなって」

「ありがと。でもまー、落ち込んでる、ってほどでもないけどね」

別れたんなら、那由多の隣は空いている。そこは自分の場所だという感覚がどうしても消えない。

でもそのときにはもう、那由多は「気の合う幼馴染み」というポジションにあまりにきれいにおさまりすぎていた。そこから動かすのは容易ではない。

なにより、恋愛は終わる。

情熱は醒《さ》める。

那由多とはそんなことになりたくなかった。

最初の彼女と別れて少しして、那由多は今度はバイト先で知り合った年上の女性とつき合い出した。和真もすぐ隣のクラスの女子とつき合った。そして今度は先に和真が別れて、那由多もほぼ同時に別れた。

「あんたたちって、なんなん」

いつも似た時期につき合い始め、同じくらいのタイミングで別れているのに気づいて、由香里が気味悪そうに言ったことがある。

「たまたまだろ」

「たまたま?」

「単なる偶然」

「ほんとに〜?」

那由多は「俺、すぐ彼女と友達っぽくなっちゃうんだよねえ。んで、いつのまにか向こうに彼氏できちゃってんの」とぼやき、和真のほうは毎回「あたしのことどのくらい好き?　本当に好き?」攻撃をされてだめになった。

本当に、示し合わせていたわけではなかった。ただ、那由多が別れると、ふっと自分も情熱が醒める。

そして「やっぱり恋愛って唐突に終わるな」という確信が強くなった。

高校を卒業し、和真は都内の大学に進学して、那由多は専門学校に進んだ。さすがに少し距離ができたが、もはや那由多は和真にとって、自分の一部のようなものになっていた。

那由多と物理的に一番離れていたのは、那由多が一足先にパタンナーとして就職してからの三年ほどだ。でも心理的にはなにも変わらなかった。

パタンナーは那由多にとって天職だったらしく、夜も昼もなく働いて楽しそうだったが、最初の会社はあっけなく倒産して、那由多は金銭的に行き詰まり、和真に助けを求めてきた。

「ほんじゃ一緒に住むか」

和真のほうは就職二年目で、会社の独身寮に住んでいた。那由多が「会社《うち》、やばそう」と言ってきたときから心づもりをしていた。

「俺もそんなに金ないから、どっか安い部屋借りようぜ」

最初からそうなると決まっていたように、二人暮らしはすんなりと始まった。

那由多の失業手当は引っ越し代やらなんやらで消え、次に就職するまでの半年ほどは完全に和真が養っていたが、お互いなんの疑問も感じなかった。

そのまま那由多と暮らして、もう五年が過ぎようとしている。

和真は給料が上がったし、那由多も今はかなりいい待遇で働いていて金銭的には余裕ができた。でもずっと同じマンションで二人暮らしを続けている。

いつの間にかお互い彼女はつくらなくなっていた。

家に帰ったら最高に気の合う相棒がいて、性欲に突き動かされる年齢も過ぎた。

思春期の危うい時期を乗り越えて、ただの友達でいたからこその今だ。

だから何も変えるつもりはない。

それは那由多も同じはずだ。

3

スマホのアラームが鳴っている。チチチ、チチチ、という野鳥のさえずりだ。

那由多《なゆた》は寝返りを打った。

アラームに野鳥の鳴き声を採用したのは、職場の同僚から「アラームを自然音にしたら目覚めがいいのよ」と聞いたからだ。へー、と最初は「雨音」を入れたら確かに目覚めはよかったが、あまりに心地よくて二度寝の呼び水になり、結果仕事に遅れてしまった。

幼馴染みで同居人の和真《かずま》にその話をしたら、「どういうリアクションが正解なのか、悩むとこだな」と微妙な返しをされた。それからは野鳥のさえずりに変更している。

チチチ、チチチ、という可愛らしいさえずりは、徐々《じょじょ》にヂヂヂ、ヂヂヂ、という脅迫めいた野太さになっていく。

へいへい起きますよ…、と那由多はあくびをしながら腕を伸ばしてアラームを止めた。

「ん、七時…？」

表示された時間を見て、首をかしげた。那由多の職場は裁量《さいりょう》制で、出勤する日でもこんな早くには起きない。先週のうちに仕様書はぜんぶ仕上げたし、なんでこんな早くにアラームかけたんだろ…？

「あ、そうだった！」

和真の甥《おい》っ子を預かることになったんだった！　とようやく思い出し、那由多はがばっと起き上がった。

「おはよう！」

「おう、早いな」

急いでＬＤＫに出て行くと、和真はもうすっきりとしたスーツ姿で、キッチンで水を飲んでいた。

短く整えた髪が男らしい容貌《ようぼう》を引き立てていて、本人は多少背が高いだけの平凡な見かけだと思っているようだが、那由多は昔から和真の顔が大好きだった。太い線でぐいぐい描いた少年漫画の主人公のようだと思う。

昨夜、由香里《ゆかり》は荷物を持って戻ってくると、目を覚ました世志輝《よしき》に「ママ、たくさん用事ができちゃったから、少しの間ここで待っててほしいの。世志輝がいい子にしてたら早く迎えにくるからね」と言い含めた。大泣きするのをなだめるのに一苦労するだろうなと覚悟していたのに、世志輝は拍子抜《ひょうしぬ》けするほど大人しくうなずいて、由香里にばいばい、と手を振っていた。

そのあと和真と風呂に入り、歯磨《はみが》きをして、手をつないで和真の部屋に入っていった。その間ひとこともしゃべらなかったし、不安げな表情を浮かべていたが、泣いたりはしなかった。

「世志輝君は？」

和真が目配せし、見るとリビングのソファにちょこんと座っていた。

「世志輝君、おはよー」

教育テレビを見ていた世志輝がはっと振り返った。顔がこわばっていて、緊張が伝わってくる。

「もうごはん食べたの？」

世志輝が小さくうなずいた。

隣で和真が「しゃべんねえな」とぼそっと呟いた。

「前はもうちょっと話してた気がするんだけどな…」

昨夜も和真はなんとか世志輝に話をさせようといろいろ話しかけていた。

「いーじゃん、別に」

「よくねえよ」

和真が深刻そうに眉を寄せた。

「話そうとして話せないのか、話すつもりがないのか、一回カウンセリングかなんかに連れてったほうがいいんじゃねえかな。姉貴は今それどころじゃないだろうけど」

「えー？　でも由香里ちゃんとはちゃんと話してたじゃん」

そんなおおげさな、と那由多はびっくりした。

「姉貴とだって最低限だったろ。声も小さかったし」

「そのうちしゃべるようになるんじゃないの？」

またおまえは無責任なことを、と小言を言われるかと思ったが、和真は壁掛けの時計を見てグラスを流しに置いた。

「俺、出張報告があるから今日はちょっと早く出るけど、そのぶん帰りは遅くならないようにするから。代休申請が通ったら金曜は休めるけど、今日明日は頼むな」

「了解」

昨夜のうちに話し合ったスケジュールをもう一度確認すると、和真は慌ただしくビジネスバッグを持って玄関に向かった。

那由多はふだん朝が遅いので、起きたときには和真はもう出社していていない。せっかくだから、と玄関までついていって見送りをした。

「そうだ、おまえのぶんもついでに朝飯作っといたから食えよ」

和真が革靴を履《は》きながら言った。

「えっ、ほんと？　嬉しい」

「ほんじゃ、世志輝のこと頼むな」

自然に靴ベラを受け取り、出て行く和真の背中を見送った。背筋の伸びた和真のスーツ姿に、やっぱりいいなあ、と憧れるような気持ちで思う。ファッション業界では辛辣《しんらつ》に評されがちだが、那由多は普通のサラリーマンのスーツ姿がけっこう好きだった。いつも和真のスーツを見ているからかもしれない。

リビングに戻ると、世志輝はさっきとまったく同じポーズでテレビを見ていた。両手を膝に置いて、ちんまりとおさまっている。

「世志輝君、おうちにいるみたいにしていいんだよ？」

どうせスルーされるだろうなと思いながら声をかけると、明らかに緊張した表情で那由多のほうを見て、すぐ困ったようにうつむいた。

「あ、ごめん。話しかけないほうがいいんだよね、きっと」

和真はあまりに大人しいのを心配していたが、那由多はそれより気懸《きが》かりなことがあった。

「世志輝君、俺きみの叔父さんみたいに気がきかないから、おしっこ行きたいとか、喉渇《のどかわ》いたとか、そういうのあったら教えてね」

子ども用のステップ台がないと便座に上がれず、ひとりでは用が足せないことすら昨日は知らなかった。もじもじしていたのに気づかなかったのは自分の落ち度だが、それなら今日は気づけるかというと、まったくもって自信はなかった。

「あ、そうだ」

リビングテーブルの上に置いてあったスケッチブックが目に留まり、那由多は思いついて、トイレの便座に男の子が座っている絵を描いた。世志輝が目を丸くして那由多の手元を見ている。

「はい。トイレ行きたくなったらこの絵見せてね」

スケッチブックを渡すと、世志輝はしげしげと眺めた。

「世志輝君もお絵かきする？」

仕事で使う色鉛筆セットを出してやると、世志輝は遠慮がちに手に取った。保育園は送迎が難しいので、しばらくお休みすることになっている。退屈だろうが自分も放っておいてほしいほうなので、那由多は「じゃあ、なんかあったら言ってね」と声をかけて世志輝のそばから離れた。

和真が作っていってくれた朝食を食べてから、那由多はノートパソコンをキッチンテーブルに持ち込んだ。ここならリビングの世志輝を見ながら仕事をすることができる。幸いデスクワーク期間で、今日明日は在宅で書類仕事をするとメールしておいた。

那由多は現在「ミコト・ワダ」という個人ブランドでチーフパタンナーとして働いている。

デザイナーは四十代後半のきりっとした女性だ。前は大手アパレルでひとつブランドを任されていたらしいが、会社の経営が傾くにつれて受託《じゅたく》製造に切り替えられていくのに耐えきれず、自分の名前でブランドを立ち上げた。縫製も生地も吟味《ぎんみ》しているので決して安い服ではないが、シーズンごとにコレクションをまとめ買いしてくれるようなファンもついていて、今のところ売り上げは順調に伸びている。那由多自身も丁寧な服作りに携《たずさ》われて幸せだった。

以前、和真に「おまえは自分でデザインしたいとかないの」と訊かれたことがあった。そういう気持ちもなくはなかったが、もともと服をばらして組み合わせたりするほうが好きだったし、専門学校時代にそっちの才能はないな、と見切りをつけていた。それからはパタンナーとしての腕を磨《みが》くことに専念してきた。実際、型紙を起こしたり素材を吟味したりは天職だと感じているし、仕事はずっと面白い。

ただ、今の職場に正社員待遇で採用されるまではずいぶん回り道をした。

新卒入社したファストファッションのメーカーが倒産したあとは期間契約ばかりで、無職の時期もけっこうあった。和真が生活費をぜんぶ出してくれていたから焦《あせ》らずにすんだが、そうでなかったら、とりあえず、でぜんぜん違う職種に移って、そのまま夢を諦めていたかもしれない。

今の職場の人にその話をしたら、いい彼氏さんなのね、と言われて、那由多はかなりびっくりした。

業界的にゲイは珍しくないから「彼氏」と思われても不思議はない。那由多のびっくりポイントは「いい」彼氏というところだ。

そっか、このご時世、たとえ彼氏であっても文句ひとつ言わずに生活の面倒ぜんぶみてくれるって相当だよなあ、と那由多は他人事《ひとごと》のように感心した。そのことについて当然感謝はしていたが、別に悪いとも思っていなかった。

幼馴染みだから兄弟みたいなものなんですよ、と説明したが、実際問題、和真は兄弟以上の存在だ。立場が逆でも、きっと和真は当たり前のように自分の部屋に転がり込んでくるだろうし、自分もなんとも思わない。そのくらい、和真は特別だった。

思春期の一時期、和真とは危ない空気になることがよくあった。

中学のころ、めきめき背が高くなっていく和真に、那由多はひそかにどきどきしていた。和真自身はまったく意に介していないようだったが、声が低くなり、筋肉がつき、みるみる大人の男に成長していく和真に、那由多は眩《まぶ》しいような、憧れるような感情を抱いていた。

俺はちょっと変なのかもしれない。

数ヵ月に一回、一緒に都内に出かけるようになると、大人の女性までもが「辻《つじ》君って将来絶対いい男になるよねー」と言っていて、そのたびに那由多は誇《ほこ》らしいような、妬《や》けるような、複雑な気持ちになった。

和真が腹這いで本を読んでいるのを見ると、無性にその背中に乗りかかりたくなる。和真、と意味もなく名前を呼びたくなる。

たぶん俺はバイセクシャルってやつなんだろうな、と聞きかじった知識でうっすらと理解していた。

女の子の柔らかい身体にも惹《ひ》かれるが、それ以上に和真の筋肉質な身体にときめきを覚える。和真がときどき自分を盗み見るようにしていることに気づいたのもその時期だ。

那由多、と和真が自分の名前を呼ぶときに独特の情感を感じるようになったのも。

たぶん、自分がそういう目で見ているのに引きずられているんだろうな、と那由多は内心申し訳ない気持ちでいた。

和真は明らかに異性愛者だし、男同士でそんなのはおかしい、と考えるのもわかっていた。和真は常識家だ。そして那由多は和真のそういうところも大好きだった。

思いつきで行動してしまう自分を、和真はいつも面白がってくれる。昔からふわふわ足元が定まらないのに、那由多が平気でいられたのは、和真がいてくれるからだ。

和真に対して性的に惹《ひ》かれる気持ちは、和真を好きだという絶対的な気持ちの中の一要素でしかない。封印するのは難しくなかった。

高校に入って和真に彼女ができたとき、那由多は落胆するよりほっとする気持ちのほうがずっと大きかった。これで決着がついた。

とはいえやっぱりさみしくて、自分も仲良くなったクラスメートとつき合うことにした。そして半年ほどでふられた。追いかけるように和真も別れ、またしばらくして同じタイミングで彼女ができて、別れた。

「あんたたちって、なんなん?」

気づいた由香里にキモい、と眉をひそめられたが、そのころにはすっかり吹っ切れていた。自分たちは「幼馴染みで親友」で、それをこの先もキープし続けていく。

今は同居人という属性も増え、ここ数年はお互い彼女はいないが、もう変な空気になることもなかった。

「今のままで充分だしねー」

無意識に独り言を呟くと、リビングテーブルでお絵かきをしていた世志輝がびっくりした顔でこっちを向いた。

「あ、ごめんごめん。ひとりごと。世志輝君、なに描いてるの?」

一区切りつけてちょっと休憩、と那由多はキッチンテーブルから立ち上がって世志輝のほうに行った。

「へー、世志輝君ってお絵かき上手なんだね」

ソファに座って後ろからのぞきこむと、スケッチブックいっぱいにカラフルな色遣いで昆虫がぎっしりと描かれていた。子どもらしいのびのびしたタッチとはっきりした色遣いに、那由多は本気で感心した。このままテキスタイルに採用できそうだ。

世志輝は那由多に背を向けたまま、色鉛筆をにぎってもじもじと腰を動かした。褒められて照れくさいのかな、と微笑《ほほえ》ましく思っていると、世志輝は急に思い余ったように、スケッチブックをひっくり返して那由多のほうに突きつけた。「トイレに座っている男の子」の絵だ。

「あぁー、おしっこか！」

慌てて手を差し出すと、世志輝はちいさな手で那由多の手を握り、一緒に廊下をダッシュした。

「よし、間に合った！」

ズボンを下げてやり、便座に乗せると、しゃーっと勢いよく放尿《ほうにょう》の音がして、那由多はほっと息をついた。世志輝もほうぅ、と息をついていて、つい目を見合わせて笑ってしまった。

「偉かったねー」

頭を撫でてやると、世志輝は恥ずかしそうに瞬《まばた》きをした。睫毛《まつげ》が長くて可愛らしい。便座からずり落ちるようにして降りると、世志輝はよいしょよいしょとパンツとズボンをあげた。

「よし、それじゃおやつでも食べよっか」

はい、と手を差し出すと、ちゃんと手をつないでくれる。ちいさくてふわふわした手が可愛い。

「おやつ、なにがいい？」

由香里は「勝手にコンビニのお菓子とかあげないでよ」と地味なパッケージの無添加とかなんとか書いてあるプリンやゼリーを持ち込んでいた。冷蔵庫を開けて世志輝を抱っこして持ち上げ、好きなの一個ね、と選ばせると、世志輝はぶどうゼリーを選んだ。

「ほんじゃおやつタイムねー」

世志輝にスプーンを出してやり、自分もコーヒーを淹《い》れて、一緒にソファに座った。相変わらず世志輝は一言もしゃべらないが、那由多はとくに気にならない。コーヒーを飲みながら、昼は無難にオムライスにして、今日の晩飯はどうしようかなあ、などと考えていた。

「世志輝君、野菜で食べられないものってある？」

なにげなく話しかけると、世志輝がはっと固まった。少し打ち解けてくれたかなと思っていたが、まだ好き嫌いを気軽に口にするような間柄にはなれていなかったようだ。

「えーと、そんじゃこの中で、嫌いな野菜にはペケ、好きな野菜にはマルをつけてくださーい」

スケッチブックの裏側に、那由多は人参《にんじん》、ピーマン、と野菜の絵をいくつか描いた。

世志輝にはい、と色鉛筆を渡すと、ためらいがちにトマトにマルをつけ、ピーマンにペケをつけた。

「ほんじゃピーマン抜きでカレーにしよっか。あとで一緒に買い物行こうね。あ、昼はオムライスでいい？　ベーコンと玉葱《たまねぎ》と人参入れて、あと玉子入りコンソメスープ」

世志輝が口を開きかけ、すぐまたうつむいてしまった。那由多が話しかけるのに返事をしないと、とプレッシャーを感じている様子に、那由多はまるいほっぺをちょんとつついた。

「夜はカレーでいいですか?」

世志輝がこっくりうなずく。

「お昼はオムライスでいいですか?」

またうなずいて、世志輝は心配そうに那由多を見た。

「世志輝君、ちゃんと返事できてるから、無理に声出そうとしなくていいよ」

四歳にして気を遣っている世志輝に、俺よりよっぽど社会性があるよなあ、と那由多はおおいに感心した。

那由多は他人にどう思われようが平気なほうだ。あからさまにのけ者にされたり邪険《じゃけん》に扱われればもちろん傷つくが、それも和真に言わせれば「多少のことじゃ気がつかないお気楽なやつ」らしい。確かにお気楽といえばお気楽だ。「絶対に嫌われたくない」のはこの世で和真だけだし、それも「和真はなにがあっても絶対に俺を嫌いにならない」という根拠のない自信がある。つまり、他人の思惑にはほぼ関心がない。

「別にしゃべらなくても死ぬわけじゃなし。みんなおおげさだよねえ」

本気でそう思って言うと、世志輝は那由多を見あげて、びっくりしたように瞬きをした。それからふと不思議そうな表情になって那由多の右目を見つめた。ありゃ、また右目ずれちゃったか、と那由多はゆっくり瞬きをした。これでたいてい正常な位置に戻る。

「俺の目、へんでしょ。これ生まれつきこうなの。痛くもなんともないんだけど、気になっちゃう?」

世志輝は目を丸くしていたが、ふるふる首を振った。

「俺も世志輝君がしゃべんないの、気になんないよ。おあいこだね」

にっこりすると、世志輝はまた瞬きをして、それからほんのりと笑顔になった。

おやつタイムのあと、残っていた仕事を片づけ、昼ごはんを食べてから、散歩がてら世志輝と一緒に買い物に出かけた。

十月に入って秋の気配が少しずつ濃くなり、この季節は住宅街の中の知らない道をたどって歩くのが好きだ。歩道にはみ出た植木鉢や、子どもの一輪車をよけながら、世志輝と手をつないで歩く。

「由香里ちゃんにはないしょね」とスーパーでカラフルなお菓子も買ってやり、また手をつないでマンションに戻ろうとして、小さな公園の前を通りかかった。

「世志輝君、ブランコする?」

誰もいない公園はブランコと砂場があるだけだったが、世志輝は那由多の手を離し、とことこ歩いて落ち葉を一枚拾った。黄色と赤のグラデーションが美しい。

「桜って紅葉も綺麗だよね」

世志輝がしゃがみこんでせっせと落ち葉を拾い集めだしたので、那由多は砂場の縁に腰を下ろした。今年はずいぶん紅葉が早い。

「世志輝君、ほら」

なんとなく砂山をつくって、そこに落ち葉をさしてみた。砂山にどんどん落ち葉をさしていくと、山がきれいに色づいていく。

「世志輝君もしてみる？」

しゃがみこんで那由多の手元をじっと見ている世志輝に声をかけると、いそいそと拾い集めていた落ち葉をさし始めた。

「へー、世志輝君は同じ色で固めるんだね」

赤いはっぱ、黄色いはっぱ、と色別にわけて几帳面《きちょうめん》にさしていく世志輝に、こういうとこは和真っぽいな、と面白く思う。せっせせっせと葉っぱをさしている世志輝はすっかり夢中だ。和真と由香里ちゃんにも見せてあげよう、と世志輝が砂山を飾っているのをスマホで撮影していると、賑《にぎ》やかな声が聞こえてきた。

「ママ、ブランコ空いてる～」

「こっちこっち、はやくー！」

見ると、世志輝より少し大きな女の子が二人、母親らしき女の人と公園に入ってくるところだった。活発そうな女の子たちに、世志輝がはっと立ち上がり、那由多に隠れるようにした。

女の子たちがこっちに気づき、「なにしてるのー?」と近寄ってくる。

「お山つくってた」

世志輝の代わりに応《こた》えると、女の子たちは世志輝が落ち葉で飾った砂山の前にしゃがみこんだ。

「すっごい、きれい!」

「本当の山みたい」

「続き、つくってもいいよ。そろそろ帰るから」

世志輝が地蔵になっているのをさりげなくかばい、那由多も腰を上げた。

「お姉ちゃん、葉っぱ拾おう」

「ママ、見て、ほら」

女の子たちがはしゃいだ声をあげているのに「じゃあね」と声をかけ、あとから来た母親にも会釈《えしゃく》をして、那由多は「行こう」と世志輝の背中を軽く押して歩き出した。

「ばいばい!」

女の子たちが手を振った。世志輝がびくっとするのがわかり、那由多はまた世志輝に代わって「ばいばーい」と手を振った。

「ん? なに?」

世志輝の歩調が落ちて、どうした? と那由多も足を止めた。世志輝は少しためらってから、うつむきがちだった顔をあげて、那由多のライトコートの裾《すそ》をつんつん引っ張った。

ふっくりしたほっぺたが何か言いたそうに動いた。でも声は出てこない。

「どしたの」

那由多がしゃがんで目線を合わせると、世志輝は口をぱくぱく動かした。あ、あ、と喉《のど》の奥が震えている。一生懸命な表情に、ありがとう、と言いたいのだとわかって、那由多は「ありがとう?」と訊いた。世志輝がうなずく。

自分の代わりに女の子たちに返事をしてくれたことにお礼を言おうとしているのだとわかり、なんていい子なんだ、と那由多は感激した。律儀《りちぎ》な四歳児に「さすが和真の甥っ子」と血筋も感じる。

「俺もありがとね。世志輝君とお山を葉っぱで飾って、すっごい楽しかった」

世志輝がはにかんだ表情でうなずく。

「あとね。別にしゃべんなくても、今みたいに世志輝君の言いたいことだいたいわかるしさ、わかんないときは絵を描こう。世志輝君もお絵かき好きでしょ? それでだいたい解決」

ね? と微笑むと、じっと話を聞いていた世志輝も口元を緩《ゆる》めた。行こう、と立ち上がると、世志輝が砂のついたちいさな手を自分から差し出してきた。手をつなぐと幼い信頼が伝わってくる。

「俺、世志輝君大好きだよ」

那由多が言うと、世志輝は返事の代わりにぎゅっと那由多の手を強く握った。

家に帰って世志輝がお昼寝をしている間に家事を片づけ、また一緒にお絵かきなどしていると、いつの間にか夕方になっていた。

由香里から電話があり、ビデオ通話で母親の顔を見て、世志輝はか弱い声で「まま」と呼びかけていた。涙ぐんではらはらしたが、子ども心にも母親が大変なのだということを理解している様子で、泣きださずに「ばいばい」と画面に向かって手を振り、由香里のほうがハンカチで目じりを押さえていた。

『那由多君、今日は顔出せなくてごめんね。でもなんか世志輝、顔が明るくてほっとした。ありがとうね。明日はそっち行くようにするから』

「世志輝君、いい子だからぜんぜん大丈夫だよ。由香里ちゃんこそ、いろいろ大変でしょ。こっちのことは気にしなくていいよ」

いつもきりっとして威勢のいい由香里がさすがに元気をなくしていて、那由多はそのほうが気がかりだった。

由香里の通話を切ってほどなく、いつもよりずいぶん早い時間に和真が帰って来た。

「おかえり！」

世志輝と一緒に玄関まで出迎えに行くと、一瞬、背伸びしてキスしてもいいような、変な錯覚を覚えた。

「世志輝、いい子にしてたかー」

和真がベタな台詞《セリフ》を言いながら世志輝を抱き上げる。ビジネスバッグを受け取ると、さらに「奥さん」ぽい気分になった。

「世志輝君といっしょにカレー作る約束したんだよ」

「へえ、すっかり仲良くなったんだな」

格段に表情が豊かになった世志輝に、和真がびっくりしている。

「俺もまぜてくれ」

ルームウェアに着替えた和真もキッチンに来て、三人で並んで野菜の皮を剝《む》いたり、肉に焼き目をつけたりした。

相変わらず和真はあれこれ世志輝に話しかけてなんとかしゃべらせようとしていたが、那由多が適当に返事をしてブロックしていると、意図を察したらしく、苦笑して世志輝に無理に話しかけるのをやめた。

「じゃあカレーができるまで、風呂入るか」

圧力鍋を仕込み終わると、和真が世志輝をひょいと持ち上げた。

「それじゃ着替え出しとくね」

「おう、ついでに俺のも頼む」

なんか本当に家庭っぽい、と那由多は照れた。っていうか、夫婦っぽい。

和真の部屋に入って、由香里が持ち込んだスーツケースから世志輝の着替えを出し、クロゼットから和真の下着を出した。ブルーのボクサーショーツだ。

「……」

なんの変哲《へんてつ》もない和真の下着を手にして、那由多はついそれを凝視《ぎょうし》した。

家事はゆるく分担していて、「気がついたときに、気がついたほうが、気がついたことをやる」でうまくいっていた。洗濯もそうで、シーツや毛布は自分で洗うが、下着や靴下はいっしょくたにランドリーバックに放り込んでいて、そろそろ汚れ物が溜まったなと思ったほうが、そう思ったタイミングで洗濯機を回す。だから今さら和真の下着を手にとって意識するなんておかしな話だ。昨日だって洗濯物を取り込んで、和真のぶんはベッドの上にまとめて置いたのに。

世志輝がいるだけで空気が変わって、妙に和真を意識してしまう。

「へーんなの」

今さらどうした、と自分に突っ込みながら浴室に行き、ついでにタオルもセットしておいた。シャワーの音に混じって、ばんざいして、とか、目をつぶってろよ、とか和真が世話を焼いている声が聞こえる。基本的に和真は面倒見がいい。

「那由多ー、そこにいる?」

微笑ましい気持ちで声を聴いていると、急に声をかけられた。

「いるよ」

「世志輝頼む」

「えっ」

浴室のドアが開いて、和真は「ほら」とお湯でほかほかになった世志輝を出した。

「世志輝君、おいでー」

慌ててバスタオルを広げると、すぐにまた浴室のドアが閉まった。ざーっとシャワーの音が大きくなる。那由多は一瞬視界に入った和真の裸に、思わず息を止めていた。

一緒に暮らしているから、上半身裸とか、下着一枚のところはお互い見慣れたものだ。学生時代からスポーツに親しんでいた和真は今でも週に何回かジムに通っていて、適度な筋肉をキープしている。が、さすがに全裸を目にしたのは中学生くらいまでだ。

見ようと思って見たわけではないが、視界に入ってきた下半身がばっちり目に焼きついて、かーっと頬が熱くなった。

俺ってやっぱりバイなんだな…、と世志輝の髪をバスタオルで拭《ふ》いてやりながら、那由多は今さらのように思い知った。

思春期のころも、どんどん男っぽくなっていく和真にどきどきして、女の子を抱く妄想より、和真に抱かれる妄想のほうがはるかに興奮することに気づいてしまった。

でも和真に悪い、と思って考えないように努力していた。

久しぶりに昔の熱が蘇《よみがえ》って、那由多は一人であたふたした。もうとっくに封印していたはずなのに。

「世志輝、すっかり那由多に懐《なつ》いたなあ」

カレーを食べて、歯磨きをして、寝る支度をしながら和真がつくづく驚いた、というように呟いた。

那由多もシャワーを浴びて、髪を拭きながら「俺たち友達になったんだよね」とソファに座った。和真の膝の上でテレビを見ていた世志輝がちょんと那由多の横に座った。なにも話さなくても、表情やしぐさで慕《した》われているのが伝わってきて、那由多もすっかり世志輝が可愛くなっていた。

「今日は俺と寝る?」

試しに訊いてみると、こっくりとうなずく。

「やったー。今日は俺が世志輝君と一緒だ!」

「マジか」

今度こそ和真が驚いている。

「でもおまえのベッドで世志輝も一緒に寝るんじゃ狭いだろ」

「大丈夫だよ。俺、寝相そんなに悪くないと思うし」

「世志輝がけっこう暴れん坊なんだよ」

和真が意外な情報を口にした。

「実はゆうべ、二回くらいアッパーをくらった」

「へー、そうなの？」

相談して、結局リビングにベッドパッドやマットレスを敷いて三人で寝ることになった。

リビングのソファやテーブルを移動させ、毛布や枕を運び込むと、意味もなくわくわくしてくる。世志輝も無言ながら、はしゃいだ気分でいることは伝わってきた。

「世志輝君、ほら、枕投げ！」

ふざけて枕を軽く放り投げると、ちゃんとキャッチして投げ返してくる。

「なんだ世志輝、枕投げ知ってるのか」

こくこくうなずく世志輝に向かって、今度は和真が枕を放った。

「うおっ」

キャッチした世志輝に案外強く投げ返されて、和真がびっくりしている。

「ほら、世志輝君、もう一発！」

枕を放ってやると、世志輝がキャッチしてまた和真に投げつける。

「くそ、やったな！」

和真が嬉しそうな大声をあげて世志輝にとびかかり、くすぐりだした。世志輝が笑いながら那由多のほうに逃げてくる。

「うわぁっ」

世志輝を背中にかばうと、勢いをつけてとびかかってきていた和真に押し倒された。あっと思ったときには息がかかるほど近くに和真の顔があった。重い身体に潰され、風呂上がりの肌が密着する。

「重い、ってば」

突然のことに、声が裏返った。さっき見てしまった和真の裸が唐突に脳裏《のうり》に浮かぶ。かっと耳が熱くなった。

「お、悪い」

和真が起き上がり、おおいかぶさっていた体温はあっという間に去ってしまった。

「姉貴、結局今日は来なかったな」

和真があちこちに散らばった枕を拾い、世志輝にこっち、と手招きして、三つ並べた枕の真ん中に寝るようにと促《うなが》した。那由多はこっそり深呼吸して気持ちを逸《そ》らせた。

「明日は顔出すみたいなこと言ってたよ」

「どうだかな」

世志輝はまだ遊びたそうにしていたが、和真が枕をぽんぽん叩くと、大人しく頭を乗せた。まだ九時を回ったところだが、ひとまず電気を消して「おやすみ」と言い合った。

「世志輝君、今日偉かったね」

川の字の真ん中になった世志輝の頭を撫でてやると、向こう側で和真も「偉かった」と世志輝のお腹のあたりをぽんぽん、と優しく叩いた。

「和真、お父さんぽい」

「おまえもな」

「そう？」

「那由多に子どもの相手ができるのかと思ってたけど、俺よりよっぽど扱い上手いよな」

「世志輝君がいい子だからだけどね」

「それはそうだな。ちょっといい子すぎて不憫《ふびん》なときがある」

暗がりでひそひそ話をしていると、和真の低い声が心地いい。

暗いのをいいことに、那由多は世志輝の向こうのシルエットを見つめた。しっかりした肩のラインに、また性懲《しょうこ》りもなくさっきの全裸を思い浮かべてしまう。和真はもうとっくに「幼馴染みで同居人」の枠《わく》にはまっているはずなのに。

五年も一緒に暮らしてみて、こんなに自分にしっくり馴染む人間はこの世に和真しかいないとつくづく思う。

口喧嘩はたまにあるが、大きな喧嘩はしたことがない。

那由多はもともと腹をたてることがあまりないし、和真は「那由多に意見したところでむなしいだけだ」という妙な理屈でやはりぜんぜん怒らない。

どうしてこんなに和真といるのがいいんだろう、とときどき不思議になる。

共通の趣味があるわけではないし、好みも違う。話していてものすごく盛り上がることもない。同じ空間にいても、お互い好きなことをしているだけ、ということも多い。むしろそれが通常モードだ。地元にいたころは毎日のように和真が家に来ていたけれど、今思えばなんのために来ていたのか首をひねってしまう。那由多が服を縫《ぬ》っているそばで、和真はたいてい海外の翻訳SFを読んでいた。那由多が思いついたことをしゃべると、和真は聞き流したり、適当に相槌《あいづち》を打ったりで、またすぐ沈黙が落ちる。でもその時間が好きだった。今も。

「和真」

心地のいい眠気がやってきて、那由多は小さくあくびをした。

「うん？」

「俺もうこのまま寝るね」

和真の近くで眠るのも久しぶりだ。

「早いな。…世志輝も寝た」

「あ、ほんとだ」

いつの間にかすうすうと寝息をたてて、世志輝は小さく丸まって寝入っていた。

「寝る前に心細くなって泣くかと思ってたから、那由多がいてくれて助かった」

お世話になっているのは常にこっちなので、たまには役に立てて嬉しい。

「俺、金曜は休みが取れたから、それまでに姉貴が迎えに来なかったら世志輝連れてどこか遊びに行くか」

「明後日《あさって》？　行く行く！」

三人で出かけるのを想像するだけでテンションが上がった。那由多の食いつきに、和真が笑った。

「どこ行く？」

一緒に暮らしていると、かえってどこかに出かけよう、という話にならない。那由多はやや仕事が不規則だし、和真は会社のバスケチームに入っていて、そっちの練習やつき合いで出かけることも多い。

「どこがいいかな。世志輝が喜びそうなところを探しとく」

「遊園地とか動物園とか？」

「だな」

「たーのーしーみー」

浮かれた気分で節《ふし》をつけると、和真が「おまえは子どもか」と笑って起き上がった。

「じゃあ俺、ちょっと持ち帰りの仕事があるから、向こう行くな」

「ん、おやすみ」

「おやすみ」

和真が自分の部屋のほうに向かい、那由多はごろりと仰向《あおむ》けになってその背中を見送った。

実家にいたころ、遊びにきた和真が帰って行くときもこんな感じだったな、と懐かしくなった。窓枠をひょいと越え、和真はいつも植え込みに放り込んであったスニーカーを履《は》いて帰って行った。

あのころ、もし俺が好きだと言っていたら、今頃俺たちはどうしてたんだろう。どうなってたんだろう。

わからないけど、今みたいに甥っ子を一緒に預かるような穏やかな日々にはなっていない気がする。だからこれで正解なんだろう。

和真の部屋のドアが開閉する音がして、那由多は頭の後ろで手を組んで目を閉じた。

キスしたい、触れたい、という衝動をやりすごしたから今がある。

…さっき見てしまった和真の全裸を思い出しそうになって、那由多は急いで「明後日、どこ行くんだろ」と別のことを考えた。

「たーのーしーみー」

口の中で転がすように言うと、那由多は枕を抱えた。

4

動物園と遊園地とキッズパーク。

休みをとった和真《かずま》が提案した行先は三つで、会社が社員向けに配っているという優待券を世《よ》志輝《しき》の前に並べた。

世志輝はうんうん悩んだあげく、キッズパークのチケットを指さした。

「へー、ヒーローショーとかやるんだ。面白そう！」

那由多《なゆた》はチケットと一緒に和真が持ち帰ったパンフレットを広げた。

「乗り物も幼児向けが多いから、でかい遊園地よりいいかもな。よし、それじゃさっさと食って行こうぜ」

和真に促《うなが》され、世志輝はフレンチトーストにかぶりついた。

「あんまりお腹空《す》いてないいんだったら残していいよ」

那由多が言うと、世志輝はふるふる首を振った。でも食欲がないのは見て取れる。

世志輝を預かって二日目の昨日も、結局由香里《ゆかり》はマンションに現れなかった。夕方電話はあって、世志輝はテレビ電話の向こうの由香里に大人しく手を振り、辛抱強《しんぼうづよ》く泣くのを我慢していた。

鼻の頭を真っ赤にして涙をこらえている様子に、さすがの那由多も「ちょっと頑張りすぎてるな」と心配になっていた。

せめて今日は一日楽しく過ごさせてやりたい。

心地よい秋晴れの日で、キッズパークは平日にしては賑《にぎ》わっていた。家族連れもちらほらいるが、母親たちがそれぞれの子どもを連れてきているグループが一番多い。世志輝は園内に入る前から、きゃあきゃあはしゃぐ子どもたちに気後《きおく》れして、那由多の手をぎゅっと握って固まっていた。

まずは気持ちをほぐすとこからだな、と和真と目配せし合う。

「世志輝君、ポップコーン食べない？」

園内に入ると、那由多はさっそくカラフルな移動販売車でキャラメル味のポップコーンを買った。

「こういうとこで食べると美味《おい》しいよね」

真ん中に世志輝をはさんで販売車の前のベンチに座り、雰囲気に慣れてもらおう、とポップコーンを食べながらのんびり周囲を見渡した。

目の前の芝生広場は中ほどにステージがあるだけで、小学生くらいの子どもたちがバドミントンをしたり、追いかけっこをしたりしている。その向こうにお城を模《も》した建物やアスレチックの遊び場が見え、ベビーカーを押す母親たちはみなそちらに向かっていた。

「けっこういろいろあるね」

那由多は案内所でもらった園内マップを広げ、世志輝と和真にも見せた。小動物とのふれあい広場や幼児向けのアトラクションを集めた遊園地ゾーンもある。

「あっ、なんだヒーローショーは土日だけかぁー」

マップの中央は芝生広場のステージで、そこに「特撮ヒーローショー！」とボディスーツのアクターたちが写真つきで紹介されていたが、小さく「土日のみ開催」の注意書きが入っていた。その下には「ひろこおねえさんとダンスしよう！」というポップな文字が躍《おど》っている。平日はパークのスタッフがショーをやるらしい。

「ダンスに参加したらお菓子もらえるんだって。面白そう」

午前と午後一回ずつ行われる参加型のショーのようだが、残念ながら午前のショーはもう終わっていた。

「タイミング合ったら、このショー見てみようよ」

「世志輝、どこに行きたい？」

すっかり前のめりでマップを見ている那由多を押しのけるようにして、和真がやさしく世志輝に訊いた。

「ねえねえ、うさぎ抱っこしに行こうよ！」

ふれあい広場のイラストにうさぎが描かれているのを見つけて、那由多はせっかちに提案した。

「おまえに訊いてねえよ」

「世志輝君、うさぎはどう？　うさぎ、可愛いよ」

那由多は昔からなぜかうさぎに弱かった。うさぎのふわふわした手触りを想像して、ぜひともふれあい広場へ、と気持ちが逸《はや》る。世志輝がベンチからぴょんと降りた。

「お、うさぎ見に行く？」

世志輝がこっくりうなずいた。

「おまえ、世志輝に気を遣わせてるだろ」

「えー、そんなことないよね。うさぎ、世志輝君も抱っこしたいよね？」

「誘導すんなって」

しゃべりながらゆるいスロープに沿ってふれあい広場のほうに向かう。世志輝は自然に那由多の手を探してつないできた。見ると世志輝も那由多を見上げていて、にっこりすると、はにかんだように笑いかえしてくれる。

「うっさぎ、うっさぎ」

嬉しくなってつないだ手を振りながら大股《おおまた》で歩くと、世志輝も真似をして大股で歩く。声こそ出さないが楽しそうだ。和真も世志輝の手を取って、ベタにぶらんこなどしながら歩いた。

あーこれめっちゃ楽しいな…と世志輝に笑いかけている和真を盗み見て、那由多は幸福感を味わった。那由多の父親は物心ついたときにはもうあまり家に帰ってこなかったから、こんなふうに家族で遊びに行ったことがなかった。

ふれあい広場でうさぎを抱っこしたり、ヤギにえさをやったりしてはしゃぎ、アスレチックでは一番高いピラミッドタワーのてっぺんまで登って「おーい」と下で見ている世志輝と和真に手を振った。

「俺と世志輝がおまえを遊びに連れてきたって感じじゃねえか」

和真は呆れていたが、世志輝はタワーから下りてきた那由多のところにふんふんとすごい鼻息で駆け寄ってきた。相変わらず言葉は出てこないが「すごかった」「びっくりした」というのは表情でわかる。

「そういえば那由多は昔から高いとこにすぐ上ってってたよな」

「あはは、そうだった。それで下りられなくなって、和真が助けにきてくれた」

「俺じゃねーよ、先生たちが助けに来てくれたんだよ。俺はしっかりつかまっとけとか泣くなとか言ってただけ」

思い出して、懐かしさに二人で笑った。

「あーお腹空いた。レストランでなんか食べよ。世志輝君はなにがいい?」

「む、ら」

「うん?」

声を出した世志輝に、和真がはっとしている。世志輝は口をぱくぱくさせて、うまく言葉が出てこないことに焦《あせ》って、みるみる真っ赤になった。

「んー、わかった！　オムライス」

閃《ひらめ》いて叫ぶと、世志輝がぱっと顔を輝かせた。

「正解？」

うんうん、とうなずく世志輝に、よっしゃー、と那由多は両手を上げた。

「よーし、そんじゃオムライス食べに行こ！」

また一緒に手をつないで、大股でレストランに向かう。世志輝が少しでもしゃべろうとしてくれたことに心が弾《はず》んだ。ちゃんと正解をわかってあげられたことも嬉しい。

「世志輝、旨《うま》いか？」

和真も心を動かされた様子で、オムライスを食べている甥《おい》っ子をしみじみと見つめていた。その優しいまなざしに、那由多は内心でときめいた。

和真は小学生のときから頼りがいがあってイケメンだったよなあ、などと思い出す。なにがあっても和真がいてくれればそれで万事解決だと感じていた。今もそうだ。

俺は和真さえいてくれればいい。

…でも、いつまで和真は俺の横にいてくれるんだろ？

ふっと胸に湧いたその疑問に、那由多は自分でも驚くほど動揺した。

ずっと静かだった湖面に世志輝という葉っぱが落ちて、波紋《はもん》が広がった。安定して変化のない毎日に、うっかり永遠にこの日々が続いていくような気がしていた。そんなわけないのに。

世志輝の手についたケチャップを拭《ふ》いてやっている和真から目を逸らし、那由多は隣のテーブルの母親がこっちを盗み見しているのに気がついた。保護者は圧倒的に母親が多いので、男二人で子どもを連れてきているとどうしても目立ってしまう。見られるくらいはどうでもいいが、彼女の視線が和真を捉《とら》えていたことに、那由多はわだかまりを覚えた。そしてふと懐かしくなった。

同居するようになる前、和真に彼女ができるたびに、那由多はこんなふうに胸の中がもやもやしていた。それを紛《まぎ》らわせたくて、那由多も身近にいる女の子とつき合った。

いつの間にかこんな感情も忘れていた。ここ数年、和真は仕事が忙しいらしく彼女をつくらなかったから。

――もし次に誰かとつき合うとしたら、和真はその人と結婚するかもしれない。

唐突に湧いてきたその考えに、那由多はさっきより動揺した。世志輝の世話を焼いている和真があまりに父親っぽく見えたからか、すごくリアルに想像した。

今までは、彼女ができても待っていればまた和真の横を歩けるようになった。

でも結婚してしまったら?

「もう一時半か」

和真はなにも気づかず、腕時計で時間を確かめた。那由多も気を取り直した。

「電車混みそうだから、あんまり遅くならないうちに帰ろうぜ。世志輝も疲れるし」

「うん。そんじゃ最後になにか乗り物乗って帰ろう」

遊園地ゾーンにはまだ行っていない。

レストランを出て、また世志輝と手を繋いでぶらぶら芝生広場からアトラクションのある遊園地ゾーンに向かうと、さっきまでまばらだった広場に人がたくさん集まっていて、なにもなかったステージにも大きなスピーカーやライトが設置されていた。

「あ、二時からのショーが始まるんだ」

「世志輝、見るか?」

せっかくだし、と芝生の上にピクニックシートを広げている人たちの間をすりぬけて前のほうに進んだ。

軽快な音楽が流れ始め、ほどなくマイクを持ったお姉さんが「こんにちは~!」と飛び出して来た。このパークのマスコットキャラクターらしい着ぐるみもよちよちと大きな身体を揺らして登場し、周囲がわっと歓声を上げた。

「それじゃあ、まずは一曲!　みんなも一緒に踊ってねー!」

着ぐるみのあとから揃いのヘアバンドと風船を持った「おともだち」が保護者と一緒にス

テージに現れた。事前に申し込みをしていた参加者のようだ。

最前列に座り、和真と世志輝をはさんで見ていたが、ステージで小さな子どもたちが可愛らしく飛び跳ねて踊る姿にだんだん楽しくなってきた。

一曲終わると、お姉さんが参加者にマイクを向けて名前や簡単な質問をして、着ぐるみがリアクションで盛り上げる。

「今日のおともだちはみんなすっごく元気がいいねー！　お姉さんも頑張っちゃおう。よーし、じゃあ今度はそっちのみんなも一緒に踊ってみてね！」

お姉さんがリズムを取りながらフリを確認する。世志輝も座ったまま、ちいさな手を叩いたり頭の上で動かしたりと一生懸命お姉さんを見ながら練習していた。

「はーい、じゃあこっちのおともだちと一緒にステージで踊ってくれる人ー！」

ひとしきり練習して、お姉さんがステージの上から呼びかけた。ステージには風船プールやトランポリンが運び込まれている。あそこで踊ったら楽しそう！　と那由多はさっそく手を上げた。

「世志輝君、行こうよ」

那由多が誘うと、世志輝はえっ、と目を見開き、ぶるぶる激しく首を振った。

「そう？　そんじゃ俺行ってくるね～！」

もう何人かがステージに上がる列をつくっている。那由多は急いでその最後尾に並んだ。世志輝があっけにとられてこっちを見ている。その隣で和真がいつものことだ、というように苦笑していた。那由多以外はみんな小さな子どもと一緒で、大人一人で参加するのは那由多だけだ。

スタッフに誘導されてステージに上がると、最初からの参加者のうしろにずらっと一列に並んだ。那由多は一番端っこで、和真と世志輝に向かって「ここだよー」と大きく手を振った。

「じゃあ、もう一回だけ練習してみようね」

お姉さんが着ぐるみとステージの真ん中に立った。基本的に親子で踊るダンスなので、お姉さんは着ぐるみと腕を組んで回ったり、両手をぱんぱん合わせたりする。

あ、これ一人参加だとけっこうさみしいかも…、とそのときになってやっと気づいたが、まあいっか、と那由多は空気相手に一人で踊った。ステージの一番端だし参加者も多いのでさして目立ちはしないが、すぐ横の親子はちょっと不思議そうにこっちを見ている。

「さー、それじゃあ本番いきま〜す」

お姉さんが手拍子《てびょうし》をして、音楽が流れる。

そのとき、誰かが那由多のシャツの裾《すそ》をつんつん引っ張った。

「あれっ」

びっくりして声が出た。

世志輝がいつのまにか那由多のそばにいた。真っ赤な顔で口を一文字に引き結び、シャツを引っ張っている。

「世志輝君、どうしたの」

んっ、と世志輝が那由多に向かって手を差し出した。もう音楽が流れていて、みんな手をつないで最初のふりつけで踊り始めている。那由多も急いで世志輝の手をとった。

——ああ、俺のこと、一人で可哀想だと思ったんだ。

ふんわり柔らかな世志輝の手を握って、那由多はやっと気がついた。緊張してこわばりながらも、世志輝は一生懸命那由多の手を握って踊っている。

「世志輝君」

思わず名前を呼ぶと、世志輝は真っ赤な顔のまま那由多を見上げた。

「ありがとね」

世志輝が口を動かした。なゆ、と聞こえる。

「ん?」

「なゆた」

名前を呼んでくれたんだ、とちゃんと理解するのに数秒かかった。

「うわあ」

自分でもびっくりするくらい嬉しくなった。世志輝の頬も紅潮している。

音楽がクライマックスに近づき、順番にトランポリンの上や風船プールの中で踊る。世志輝と手をつないでトランポリンで跳ね、風船プールでたくさん風船を割った。世志輝が口をあけて笑っている。

最後まで踊って、着ぐるみやお姉さんと握手をしてお菓子をもらうと、二人で和真のところに戻った。

「写真、撮ってくれた〜？」

「おう、動画も撮った。世志輝、すごかったな！」

和真が珍しく興奮した声で迎えてくれた。

「急に来てくれて、びっくりしたけど嬉しかった」

世志輝はまだ真っ赤な顔のままで、もらったお菓子を掲《かか》げるようにして和真に見せた。世志輝にとってはものすごく大きな挑戦だったはずだ。

「お菓子もらえてよかったな」

「面白かったね」

世志輝は興奮した顔のまま、うんうん、とうなずいている。

「和真が行けって言ったの？」

「いや。世志輝が自分から行った」

「そっかぁ」

世志輝の顔が晴れ晴れと輝いていて、改めて胸がいっぱいになった。

「ありがとね」

しゃがんでお礼を言うと、世志輝は照れくさそうにしてから「な、ゆ」と声を出した。

「な、ゆ、た」

「おっ」

和真がびっくりしている。

「世志輝君、大好きっ」

思わずぎゅっと抱きしめると、世志輝も真っ赤な顔で笑った。

「あーもー可愛い！　世志輝君大好き！」

ぎゅうぎゅう腕に力をこめると「世志輝が苦しいだろうが、離せ」と今度は冷静に注意された。

「じゃあ、そろそろ帰るか」

「そうだね」

また世志輝を真ん中にして、三人で手をつないで歩いた。

帰りの電車で世志輝は眠り込んでしまい、乗り換えで和真がおんぶした。

「那由多、いろいろありがとうな」

世志輝をずり落とさないように揺すりあげながら、和真が急に改まってお礼を言ってきた。

「へ？　俺なんかしたっけ」

パークのチケットは和真の会社の優待券だし、レストランも社員割引がきくからと和真が出してくれた。お礼を言われる理由がない。首をかしげていると和真がふっと笑った。

「那由多のそういうとこな」

ますます意味がわからない。和真が声を出さずに笑った。

「とりあえず、世志輝に無理に話させようとするのは止《や》めるか」

「そーだよ、可哀想だよ」

「そういえば、さっき姉貴から連絡きてた。明日、世志輝迎えに来るって」

え、と那由多は和真の肩にほっぺたをくっつけて眠っている世志輝に目をやった。

「帰っちゃうのかあ…さみしいね」

「まあな」

「明日は俺、サンプルチェックに呼ばれてるから、午後から工場行かなきゃだ」

明日は土曜だが、週明けから工場を動かしたいという意向なのでしかたがない。

「そっか、帰っちゃうのかー。ほんじゃ一緒に寝るのも今日が最後か」

この二日、リビングでみんなで寝るのも楽しかった。

「また世志輝君、遊びに来るよね」

「離婚になっても姉貴が引き取るだろうし、これに味しめてまた預かってくれって言ってくるだろ」

世志輝をおぶっている和真をなにげなく見ていて、那由多はまったく唐突に、幼児をおんぶしている和真がなんの違和感もなく「お父さん」に見えることにびっくりした。

「ねえ、和真って、もしかして来月三十？」

「は？」

「誕生日、十一月だったよね。俺は二月だからもうちょっと先だけど、俺たちもう三十だよ」

なにを急に、と和真が呆れたように那由多を見やる。

「はー…三十とかって、すげーね。大人だね」

「子どもいたっておかしくねえよな」

那由多がなにからそんな話を始めたのか気づいた様子で、和真は世志輝を揺すりあげた。

「和真も結婚すんのかなあ」

結婚、というとき、なぜか喉の奥が詰まった。

「結婚の前に彼女がいねえわ」

「はあ」

でも和真がその気になれば、彼女なんかあっという間だ。

「おまえはどうなんだ」

「俺？」

「けど結婚とかって那由多が言うと違和感しかねえな」

「まあ、俺はね」

でも和真は結婚しても不思議はない。

このままがいい、と思っていても容赦《ようしゃ》なく時間は過ぎる。

カーブにさしかかって電車が大きく揺れた。時間は止まらない。景色は変わる。

那由多はつり革をつかんでいた手に力をこめた。

5

姉がマンションに現れたのは、もう夕方にさしかかる時間帯だった。和真《かずま》は持ち帰りの仕事を片づけ、ビールでも飲もうかと冷蔵庫をあけたところだった。

前日に由香里《ゆかり》からきたのは「明日、早めに迎えに行く」という短い連絡だけで、時間もはっきりしていなかったから、世志輝《よしき》をそわそわさせないように由香里が迎えにくることは言わないでおいた。昼から仕事にでかけた那由多《なゆた》も、あえて「そんじゃお仕事行ってくるね」とだけ言って出かけていった。

「遅くなってごめん」

由香里が来たとき、世志輝はまだ昼寝をしている最中だった。

「今、昼寝してる。もうそろそろ起こしたほうがいいかなと思ってたから、ちょうどよかった」

「あらら、すごいことになってる」

そこそこ片づいていたはずのリビングダイニングに足を踏み入れ、その散らかり具合に由香里は目を丸くした。

リビングはすっかり寝室と化していて、那由多のマットレスは敷きっぱなしで、世志輝はそこで昼寝をしていた。和真のベッドパッドは丸めてソファの上に積んである。お絵かきしたスケッチブックや絵本や色鉛筆も散らばっていて、なかなかの惨状《さんじょう》だ。

「子どもいるとこうなっちゃうのよねえ」

「他人事《ひとごと》かよ」

朝夕はぐっと冷え込むようになって、由香里は薄いトレンチコートを着ていた。

「急いでるのか？」

「うん、ちょっとね」

由香里はコートを脱ごうともせず、世志輝の横にひざをついて「世志輝」と揺すった。

「世志輝、ママだよ」

何度か揺すられて、世志輝がようやく目を覚ました。

「ごめんね」

まま、とか細い声をだして世志輝がはっと起き上がった。

「さみしかったね、ごめんね」

世志輝がだいじょうぶ、というように首を振った。姉は世志輝を抱き上げて和真のほうを向いた。

「あんたにも迷惑かけて、ごめんね」

「いや、那由多がいろいろ面倒みてくれたから。それよりそっちは？　義兄《にい》さんと話できたのか」

「んー、まあいろいろあってね」

由香里は珍しく歯切れ悪く言いながら世志輝を下ろした。

「なーんか世志輝、リアクション薄いなー。もっとママ〜って大歓迎受けると思ってたのに」

冗談ぽく言って、由香里が世志輝の頬をつついた。

「今起きたとこだからだろ」

降ろされて、世志輝は所在《しょざい》なさそうに突っ立っている。

「世志輝の荷物、どこ？」

「俺の部屋。あれだったらあとから姉貴のとこにまとめて送ってやるよ。まだ洗ってない服もあるし」

由香里は和真の部屋に荷物を取りに行った。寝起きの世志輝は、やっと由香里と家に帰るのだと理解した様子で和真を見上げた。

「ママ迎えに来てくれてよかったな」

うなずいたものの、世志輝の表情はあまり冴えない。

「ん？」

訴えるように口を動かして、世志輝がなにか言いたそうにしている。

「なんだ？」

和真は一生懸命しゃべろうとしている世志輝の前にしゃがみこんだ。

「ああ、もしかして那由多か？」

な、な、とつっかえていた世志輝が大きくうなずいた。ちゃんと那由多に挨拶《あいさつ》をしてから帰りたいのだ。

「そんなに遅くならないって言ってたけど、どうかな」

一応メッセージを送ってみるか、とスマホを出していると、由香里が戻って来た。

「世志輝の洗濯ものってどこ？」

「風呂場のランドリーバッグ。なあ、世志輝が那由多に挨拶してから帰りたいみたいだから、もうちょっと待てないか？」

「那由多君、何時に帰ってくるの？」

「連絡してみる」

「また今度でいいでしょ。改めてお礼に来るし」

由香里が面倒くさそうに言った。那由多にどんだけ世話になったと思ってるんだ、とかちんときた。

「でもな…」

「世志輝、帰るよ」

由香里が無造作に世志輝の手を引っ張った。

「ちょっと待てよ」

由香里の声や態度に苛立《いらだ》ちを感じて、和真は思わず世志輝を引っ張っている手を離させた。

「なに」

由香里が険のある目で見返してくる。

「姉ちゃん、なに苛《いら》ついてるんだよ」

「は？」

由香里は攻撃的に和真をねめつけた。

「別に、あんたにそんなこと言われる筋合いないんですけど」

「筋合いいない？」

姉弟の遠慮のなさで、和真も声に怒気《どき》をこめた。

「自分の子ども預けっぱで、よくそんなことが言えんな。恩に着るとか、ちょくちょく顔出すとか調子いいこと言ってたの誰だよ。嘘ばっかりかよ」

由香里の頬が怒りでみるみる赤くなった。

「お礼は改めてって言ってるでしょ」

「そんなのいらねえよ。それよりもうちょっと世志輝のこと考えてやれよ。今目が覚めたばっかりだろ。那由多に挨拶してから帰りたいって、世志輝のほうがよっぽど礼儀わきまえてるぞ。自分の都合で振り回して、姉ちゃんがそんなんだから世志輝は声が出ないんじゃねーのか」

由香里が大きく目を見開いた。

姉のメイクが崩れていることに、そのときになってやっと和真は気がついた。リップがとれかけているし、アイメイクもほとんどしていない。

「姉ちゃん」

由香里の目が潤《うる》み、はっとする間もなく由香里は手の甲で涙をぬぐった。

「そんなに言うなら、あんたが世志輝の面倒みてよ」

由香里の声が癇性《かんしょう》に震えた。

「あたしじゃダメなんでしょ、俊矢《としや》も世志輝も、あたしじゃだめなんだよね、わかってる」

「おい」

「もういい、もういいよ！」

聞いたことのないヒステリックな声を張り上げ、由香里は手に持っていた世志輝の上着を和真に投げつけた。驚いている和真に背を向け、玄関のほうに走って行く。

「ちょっと待てよ」

あわてて追いかけたが、まさか本当に世志輝を置いていくとは思わなかった。由香里は和真を振り切ると、外に飛び出して行った。

「おい！」

自分まで世志輝を置いていくわけにいかず、和真は玄関でドアが閉まるのを啞然として見ていた。ヒールが階段を駆け下りていく音がどんどん遠ざかる。

あの気の強い姉が、泣いていた。

「嘘だろ…」

睨みつけてくる目に、見たことのない悲しみが滲んでいた。

世志輝がうまくしゃべれないことを「個性でしょ」と言いながら気にしていたのはわかっていた。それを無遠慮に指摘した。姉のせいじゃないかと言ってしまった。ひどい攻撃だ。

「世志輝」

気配に振り向くと、世志輝が目に涙をためて立っていた。どう言い繕《つくろ》ったらいいのか、とっさに言葉が出てこない。

「ごめんな。もうすぐ那由多帰ってくるからな」

とりあえずそう言って世志輝とリビングに戻ろうとすると、玄関の向こうで足音がした。一瞬由香里が帰ってきたのかと期待したが、がちゃっとドアノブに鍵を突っ込む音がした。

「あれ？　開いてる」

那由多がひょいと入ってきて、手をつないで立っている和真と世志輝に目を丸くした。

「どしたの？　二人で」

「姉貴に会わなかったか？」

「由香里ちゃん？　ううん？　世志輝君、まだいたんだ～！　もう帰っちゃったかなーと思ってた」

那由多は顔をほころばせて靴を脱いだ。由香里とは階段とエレベーターですれ違ったらしい。

「ちょっと世志輝見ててくれ」

「えっ？」

まだ間に合うかもしれない、と和真はスニーカーに足を突っ込んで玄関を飛び出した。一階までを一気に駆け下り、マンションの外に出ると、左右に目をやって姉の姿を探した。いない。駅までは五分ほどだが、タクシーを拾った可能性もある。

「どうかしたの？」

諦めて戻ると、那由多がびっくりした顔で待っていた。世志輝が那由多のシャツの裾《すそ》をにぎって不安げな顔をしている。

「由香里ちゃんに電話してみる」

和真がかいつまんで事情を話すと、那由多はすぐそう言ってスマホを出した。

世志輝を膝に乗せてソファに座り、スマホを耳に当てている那由多に、和真はつくづく自分の至らなさを噛みしめた。

こういうとき、那由多は絶対に責めるようなことは口にしない。批判もしない。自分が同じ立場だったら「なんで追い詰めるようなこと言ったんだ」と非難したはずだ。

「出ないなあ…」

二回ほどかけ直して、那由多は諦めた。

「あ、そうだ。和真、昨日のキッズパークの世志輝君とステージで踊ってる動画、由香里ちゃんに見せた？」

「そんな暇なかった」

「送ってあげてよ。そういえば世志輝君と落ち葉の山つくったときも動画撮ったんだった。ほら、世志輝君、これ一緒に作ったねえ」

公園の写真や動画を膝の上の世志輝に見せて、面白かったねー、と話している。那由多のいつもと変わらない態度に、硬くなっていた世志輝も少し落ち着きをとりもどして那由多と一緒にスマホに目をやっている。

「送った？」

「あ、ああ」

急いで由香里のアカウントを表示させると、思いがけず向こうからメッセージが届いていた。

〈ごめん〉

たった一言の謝罪だったが、姉の性格を考えると、これはかなり落ち込んでいる。文面に悩んだが、とりあえず〈俺も言いすぎた。反省してる〉と送った。メッセージはすぐ既読になった。

〈今、那由多が帰って来た。動画送ったらしい。見たか？〉

それもすぐ既読になって、ややして那由多のスマホが着信した。

「あ、由香里ちゃんだ」

テレビをつけようとしていた那由多がスマホを取った。

「もしもし、由香里ちゃん？　うん、俺。あ、電車だったんだ。送った動画見てくれた？　そうそう、近所の公園。世志輝君と遊んだの。世志輝君ってセンスあるよねえ。色分けしてんの、すごくない？」

那由多がいつもとまったく変わらぬのんびりトークを始めた。

「あはは、そう？　うんうん」

那由多のゆるいおしゃべりに、電話の向こうで姉もほっとしているのが見えるようだ。

「和真、昨日の動画まだ送ってないの？」

「ああ、今送る」

那由多がスマホを耳から離して和真に訊いた。

「今から送るって」

那由多がまた由香里と話を始めた。

「和真の撮ったやつもすっごい面白いよ。キッズパーク。うん、三人で行ったの。世志輝君とステージで踊ってさ、トランポリンでジャンプしてポーズすんの。ほんとほんと。あとで動画見てよ。あ、そんじゃ世志輝君に代わるねー」

那由多は「はい」と膝の上の世志輝にスマホを渡した。

「まま」

由香里がなにか言ったのに、世志輝がちいさな声で囁くように呼んだ。ちゃんと声が出て、和真はほっとした。

電話ではやはりうまく会話できない様子で、世志輝はしばらく由香里がなにか話すのを聞いていたが、那由多にスマホを返してしまった。

「由香里ちゃん？　やっぱ直接じゃないと話すのしんどいみたいね。うん。うん、いいよー。だいじょうぶ。世志輝君とめっちゃ仲良くなったし。それじゃ明日ね。うん、待ってまーす」

どうやら明日迎えに来るらしいとわかり、和真はほっとした。膝の上の世志輝もそう聞いてようやく安心できた様子で、那由多にもたれている。和真は昨日のステージの動画を姉に送った。

「明日の朝、迎えに来るって」

那由多が通話を切って言った。

「そうか、よかった」

お腹空いたー、と那由多は膝から世志輝を下ろして一緒にキッチンに入った。

「あー、またしてもなんもない。もうピザでいっか」

冷蔵庫を開けて、那由多は世志輝にプリンを取ってやった。プリンの蓋《ふた》をあけ、スプーンも渡して「一口ちょうだい」としゃがんであーん、と口をあけている。

「ん、美味《おい》しい！」

那由多が目を細めて笑った。世志輝も笑っている。

俺はいつも那由多に助けられている。

プリンをわけ合っているのを見ながら、和真は息をついた。

共通の友達はみな「ふわふわして頼りない那由多と、それをフォローしてやってる和真」だと思っている。でも実際は逆だ。

俺はどれだけ精神的に那由多に助けられてきたかわからない。

那由多がいなくなったら、困るのは俺のほうだ。

「和真、明日どうする？」

デリバリーで夕食を終え、風呂を済ますと、寝室になっているリビングで世志輝を真ん中にごろごろした。世志輝は横になってテレビを見ているうちに寝入ってしまった。

「世志輝君帰っちゃったら暇だし、久々に二人でどっか行かない？　動物園とか」

「うさぎか?」

ぴんときて言うと、「わかった?」と声を出して笑った。

「動物園こそ、ふれあい広場的なのあると思うんだよね」

「小学生のころも、おまえよく飼育小屋に勝手に入ってうさぎに餌《えさ》やってたよなあ」

「俺も今思い出してたとこ」

那由多は眠ってしまった世志輝の髪を指先ですくいながら、懐かしそうに目を細めた。

「和真と、もう二十年も一緒にいるんだもんなー」

「二十年か」

「二十年だよ」

ずっと当たり前のようにそばにいて、この先も続いていくのだと漠然と信じていた。

那由多がドラマを見始めて、和真は自分の部屋で少し仕事をした。戻ってみると、那由多も世志輝と同じ形で寝落ちしていた。

テレビを消し、キッチンで水を飲んでいると、カウンターに乗せていたスマホが着信した。由香里からで、通話だ。

「もしもし?」

深夜というほどでもないが、電話をかけてくるには遅い時間帯で、なにかあったのかと一瞬どきっとした。

『ごめん、遅くに』

どこか店からかけてきているようで、由香里の背後からは人のさざめきやゆったりした音楽が聞こえてくる。

「まだ起きてたからいいよ。さっきはきつい言いかたして、悪かった」

気になっていたことをもう一度ちゃんと謝ると、由香里がかすかに笑う気配がした。

『あんたには那由多君がいて、よかったよね』

由香里らしくない、どこか暗い声に、和真はスマホを握り直した。

「姉ちゃん、どうかしたのか？」

『どうもしないけど。…あのさ、さっき那由多君に明日世志輝を迎えに行くって言ったんだけど、やっぱりもうちょっとだけ預かっててくれないかな』

「えっ？」

『今ちょっと、いいお母さんやる自信がないんだ』

由香里の声がわずかに震えた。

『和真の言うとおりだよね。あたしのせいで世志輝はしゃべらないんだと思う。あたし、いいお母さんじゃないし、いい妻じゃないし、一生懸命やってたつもりなんだけど、気がついたら俊矢の気持ちは別の人にいってたし、世志輝は夫婦のことわかるようになっちゃってた。世志輝はどんどん成長するのに、あたしはいつまでも同じとこで足踏みして、こ、子どもによくない影響与えてて、ほんとに――』

「姉ちゃん、今どこにいるんだ？」

由香里の声が切羽詰《せっぱつ》まって、和真は思わず遮《さえぎ》った。

『友達の店』

「一人じゃないんだな？」

『あたしはいつも一人だよ』

由香里が自嘲するように笑った。由香里の後ろでどっと笑い声が弾けた。それがかえって由香里が一人でいることを感じさせた。

『世志輝のこと、押しつけて本当に悪いと思ってる。でも、あともうちょっとだけ時間ちょうだい。そしたら頭切り替えて、迎えに行くから』

「それは、俺たちはいいけど」

姉が思いつめているようで、気がかりだった。明日迎えにきてくれると思っている世志輝もショックを受けるだろう。

「なあ、預かるのはいいけど、世志輝に顔だけでも見せに来れないか？　そしたら世志輝も安心するし」

『うん…』

由香里は少し考えてから、わかった、と答えた。

『明日の朝、ちょっとだけそっちに行く』

「さっき無神経なことを言ったのは謝る」

いつもなら「あんたが無神経なのは今に始まったことじゃないでしょ」くらい言い返してくる姉がなにも言わない。心配になったが、今はそっとしておくことにした。

「じゃあ、明日な」

通話を切って、和真はしばらくそこに佇《たたず》んでいた。

――あたしはいつも一人だよ。

飲みかけだったグラスの水をひと口飲み、キッチンカウンターに寄りかかって、リビングで眠っている那由多を見やった。世志輝と一緒にぐっすり眠っている。

――あんたには那由多君がいて、よかったね。

いつも家で着ているルーズなルームウェアがめくれて腰のあたりが露出している。グラスを置いて、和真はそっと那由多のそばに立った。見下ろすと、キッチンからの明かりで那由多の頬に影が落ちている。胸のあたりがゆるやかに上下し、ウェアからのぞく腰は白くてなめらかだった。――触れてみたい。

久しぶりに湧き上がってくる欲求に、和真は妙な懐かしさを覚えた。

そっと那由多の横に膝をついた。近くで見ると、長い睫毛がわずかに震え、唇がほんの少し開いている。

このままでいたいと思っていても、時間がたてばいろんなことが変わる。

――気がついたら俊矢の気持ちは別の人にいってたし、世志輝は夫婦のことわかるようになっちゃってた。世志輝はどんどん成長するのに、あたしは……

五年、一緒に暮らしてすっかり安定していたから「このままでいい」と願えば変わらないのだと思っていた。でも、そんなのは錯覚《さっかく》だ。

那由多に最後に触れたのはいつだろう。中学くらいまでは、よくふざけてじゃれていた。高校に入って彼女ができて――たぶんセックスを経験してから、触れなくなった。

那由多の薄く開いた唇に惹《ひ》きつけられる。

急に心臓が強く打ち始めた。

「――」

ん、と小さな声をもらし、那由多は寝返りを打って向こうを向いてしまった。

のろのろと立ち上がり、和真はキッチンに戻ってグラスに残っていた水を一息に飲みほした。

6

いろんなことがわだかまって、あまりよく眠れないまま、朝になった。

そして起きてみると、姉からメッセージがきていた。

〈やっぱり今日はそっちに行くの無理になった。ごめん〉

タイムスタンプは一時間ほど前で、六時過ぎになっていた。

昨夜早々に寝落ちしていた那由多《なゆた》は和真《かずま》より先に起きていて、キッチンでコーヒーを淹《い》れているところだった。

「由香里《ゆかり》ちゃん、今どこに住んでるんだっけ」

「結婚してから店の近くにマンション買って引っ越した」

由香里との昨夜のやりとりを話すと、那由多はさすがに心配そうな顔になった。和真も、こんなにころころ言うことが変わる姉は初めてで戸惑った。明らかに情緒不安定だ。

電話してみたが応答はなく、送ったメッセージにも反応はない。

「様子見に行ってみたら?」

昨夜、由香里はバーのようなところにいた。

「どうせ朝まで飲んで、寝てたってオチだと思うけどな」

世志輝《よしき》はまだリビングで寝ている。毛布に埋《う》もれて丸まっている姿を見やり、那由多は珍しくため息をついた。

「大人の都合で振り回されて、可哀想だよね」

世志輝は聞き分けがいいので、よけいに不憫《ふびん》だ。

「やっと迎えに来てくれたと思ったら置いて行かれて、明日こそ迎えに行くって約束したのに反故《ほご》にされて」

すっかり世志輝が可愛くなって、由香里に腹を立てている。

「世志輝君に、由香里ちゃんが来れなくなったって言わないほうがいいよね」

着替えようと自分の部屋に行くと、那由多もついてきた。

「とりあえず先に姉貴の様子見てくる」

「わかった」

親になにか連絡が入っていないかと考えたが、父親とは没交渉《ぼっこうしょう》だし、母親はまったく頼りにならない。義兄《あに》の連絡先だけでも訊いたほうがいいのか、と迷ったが、とにかく姉のマンションに行くのが先だ、と慌ただしく準備をして出かけた。

路線を一回乗り換えて、姉の家までは三十分ほどだ。洒落《しゃれ》たブティックやシックなレストランが並ぶエリアだが、公園も多く、意外と子育て世帯が多くて生活しやすいよ、と以前姉が話していた。

最寄り駅についたのは九時すぎだった。

姉の住んでいるマンションはシンプルな十四階建てで、二階まではテナントが入っている。

和真はインテリアショップのショーウィンドゥの端から、その奥にあるマンションの入り口に向かった。

本物そっくりのフェイクグリーンが並ぶエントランスの前で、姉の部屋のインターフォンを鳴らしたが、応答はなかった。スマホも相変わらず反応がない。

とりあえずで来たものの、エントランスの中に入ることすらできず、いきなり打つ手がなくなった。日曜で管理人室も無人だ。

〈由香里ちゃん、どうだった?〉

どうしたものかと途方に暮れていると、那由多からメッセージがきた。

テキストを打つのが面倒で電話をすると、すぐに那由多が出た。

『由香里ちゃん、いた?』

「いや、いないみたいだ」

『あのさ、俺今からそっちに世志輝君連れてくよ』

那由多が妙にきっぱり言った。

「え?」

『世志輝君、さっき起きて、今テレビ見てるんだけど、目にいっぱい涙溜めてて、俺、可哀想で見てられない。今日でもう五日だもん。ずうっと由香里ちゃん待ってて、我慢の限界なんだよ。家に帰りたいんだよ』

「でも、こっちに来たって鍵がないから入れないぞ」

『じゃあ由香里ちゃんのお店に連れて行く』

「いや、ちょっと待てって」

経営が軌道《きどう》に乗るまでは経費削減のために姉もスタッフとして働いていたが、今はマネージャーに任せていて、常時顔を出すことはしていないはずだ。

『でも、もしかしたらいるかもでしょ。とにかく俺は世志輝君連れて行くから』

こういうときの那由多を止めるのは不可能だ。それに、もし空振りに終わったとしても、来ないとわかっている母親をじっと家で待たせておくのも酷《こく》だ。

「おまえ、店の場所はわかる?」

『お店のホームページ見た』

「わかった。じゃあ、俺も店のほうに行く」

開店時間まではまだだいぶあるが、とにかく合流しよう、と話が決まり、和真はスマホをポケットに入れた。建物から出ようとして、和真はふとこちらに向かってくる男がいるのに気づいた。

くすんだブルーのシャツにインディゴのボトムで、シンプルだがいかにもこなれた着こなしをしている。うつむきがちに歩いてきて、男も和真に気づいて顔を上げ、あれっと大きく目を見開いた。

もしやと思ったが、やはりこの目じりの下がった男前は、姉の夫だ。

「——和真君?」

「はい」

ぎょっとしたが、義兄もびっくりした顔で和真を見ている。

「お久しぶりです」

一瞬、踵《きびす》を返して逃げ出すのではないかと思ったが、義兄はにぶい微笑を浮かべて近寄ってくる。

「ほんとに久しぶり。元気そうだね。もしかして、由香里が呼んだの？」

女と逃げたはずの義兄が普通に現れたことに、和真は混乱していた。義兄のほうは特に慌てる様子もない。

「いえ。あの、姉は留守みたいで……」

「いないの？」

「たぶん」

酔って寝ている可能性もなくはない。義兄はインターフォンを鳴らしてから、無造作にシャツのポケットからカードキーを出した。姉の不在を知っていてこっそり戻ってきたというわけでもなさそうだ。

「どうぞ」

下りてきたエレベーターの先を譲《ゆず》られ、和真はやや身構えながら一緒のエレベーターで十二階まで上がった。

義兄に対しては、和真は特に悪い印象は持っていなかった。いつも世志輝のお祝いごとで顔を合わせていたこともあり、にこにこしている顔しか見たことがない。

「由香里、やっぱりいないね」

エレベーターから下りると、義兄は玄関のドアフォンを鳴らしてから鍵を開けた。

「おじゃまします」

義兄のあとから玄関に入り、スニーカーを脱いだ。三和土《たたき》には小さな運動靴とパンプスが揃えてあったが、しんと静まり返っていて、誰の気配もしない。

部屋は振り分けタイプの3LDKで、廊下を通ってリビングに入ると、義兄はしばしあたりを見回して佇《たたず》んだ。

「適当に、どうぞ」

言いながら義兄がキッチンに立ったので、和真はダイニングテーブルからチェアを一つ引っ張り出してそこに座った。

「由香里から…聞いてるよね」

義兄の声に含羞《がんしゅう》が落ちた。

「ええ、まあ」

由香里の話では、義兄は浮気相手と店の金を盗んで逃げたということだった。

話を聞いたときは、よくそんなふざけた真似を、と呆れたが、実際の義兄を目の前にして、和真は首を傾げていた。少なくとも逃げようとしている様子はない。

「あの、今俺の友達が、世志輝君つれてこっちに来てるとこなんです。ちょっと連絡入れさせてください」

ひとまず那由多に連絡しないと、と和真はスマホを出した。

「由香里、世志輝をきみに預けてるの？」

義兄が驚いた顔になった。

「ええ。火曜からうちで預かってます」

「甲府《こうふ》のお母さんのところに連れて行ってるだろうと思ってた。迷惑かけて申し訳ない」

「いえ」

姉の店に向かっているはずの那由多に手短に事情を知らせ、駅からタクシー利用で来てくれ、とマンション名を添えてメッセージを送った。

その間に、義兄はキッチンで湯を沸かしていた。紅茶カップや茶葉の用意をすると、ついでにシンクに溜まっていた食器を洗い始めた。その自然な動きに、もともと家事は義兄の領分だった、と思い出した。実母の辛辣《しんらつ》な言葉を鵜呑《うの》みにして、共同経営者というのは名ばかりで実質ヒモだな、と内心義兄を軽んじていたが、よく考えてみれば、姉が外を飛び回っている間に世志輝の面倒を見ていたのも義兄のはずだ。

「和真君と会うのも、これが最後かもしれないね」

義兄が紅茶のカップを和真の前に置いた。

「やっぱり離婚、になるんですか」

大恋愛のはずだったのにな、と和真は幸せではちきれそうだった姉のウエディングドレス姿を思い浮かべた。

改めて恋愛感情は儚《はかな》い、と思う。

「僕が馬鹿なことをしたからね」

義兄の声に自嘲が滲《にじ》んだ。心底後悔している様子の義兄に、この外見ならいくらでも女の人が寄ってくるだろうしな、と和真は少し同情した。きつい性格の姉に疲れて、ふと癒《いや》しを求めてしまった、というのはありうる話だ。

「誰でもつい魔がさす、ってことはありますよ」

「いや、僕が馬鹿だっただけ」

和真の慰めに、義兄は弱く首を振った。

「保育園で他のお父さん見てるうちに、今はいいけど、世志輝がもっと大きくなって、いろんなことがわかるようになってきたときに、よそのお父さんと僕を比べて、どう思うかなってくだらないことを考えて、焦ってしまった」

「……？」

イケメンのパパ同士でモテ競争でもしたのか？　と和真は首を傾げた。

「世志輝は他のお父さんとそんなこと比べないと思いますけど」

「そうだよね。僕も世志輝が産まれるまでは、夫婦で協力して家庭運営すれば、どっちが稼《かせ》いだとかどうでもいいって思ってた。でも、保育園で会うよそのお父さんがぱりっとしたスーツ着てたり、出張だ会議だって話してるの見ると、なんだか肩身が狭くなってきて。結局、古い価値観が染みついてるんだよね」

稼ぐ？　スーツ？　なんの話だ？

「この年で焦って詐欺《さぎ》商材にとびつくなんて、本当に恥ずかしい」

「――え？」

びっくりして義兄を凝視した。義兄は気弱な笑いを浮かべて目を伏せた。

「和真君は、僕が浮気をしたって聞いてるんだよね？」

「違うんですか」

義兄は嘆息《たんそく》した。

「まあ、成功してから打ち明けて由香里を驚かそうとかって思ったのがそもそも大馬鹿だったから、誤解されても仕方ないけどね。話を持ち掛けてきた女性と二人で何回もファミレスで会ってたのを見られて、浮気なんかしてないって言っても信じてくれないから、そう思いたいなら思えばいいよって――成功したらわかってくれるって甘いこと考えて、…結局詐欺だった」

最後だから洗いざらい打ち明けてしまおう、というようにそこまで言って笑おうとして、結局義兄はうなだれた。

「店の金を持ち逃げしたって…」

「学生時代にコツコツためた金に、あとちょっとだけ足りなくて。あのときは本当に成功するからすぐ返す、大丈夫って思いこんでたんだよね」

なんという浅はかな、と呆れつつ、素直にそんなことまで吐露《とろ》してしまう義兄に、和真は脱力した。

そして「この腹が立つけど許してしまう感じはちょっと那由多に似てるかも」と頭の片隅で考えた。以前、姉が義兄のことを「いろいろ抜けてる人だけど、一緒にいるととにかくリラックスしちゃうんだよね」と言っていたのも思い出す。姉弟して同じキャラ属性に弱い。

「それにしても、由香里はどこに行ったんだろう。ゆうべ電話で話して、今日会って決着つけようってことになったんだけど」

姉がダメージを受けて情緒不安定になっていたのはそれか。

「義兄さんは離婚したいんですか?」

思い切って訊くと、義兄は目を見開き、「まさか」と強く否定した。

「世志輝だっているし、別れたいわけないよ」

「姉も、そうだと思いますよ」

「いや、由香里は離婚したいって言ってた」

夫婦のことは夫婦にしかわからないというし、姉の本心を見抜けるとも思わないが、和真はなんとかなるんじゃないか、という望みを感じた。

「姉ちゃんは売り言葉に買い言葉の人ですから、そこだけ気をつけて、よく話し合ってみてください。世志輝君のためにも」

世志輝の名前が出ると、義兄は急に顔を曇《くも》らせた。

「こういうとき、全部子どもにしわよせがいくんだよね…。世志輝、言葉がうまく出ないでしょう」

「姉は個性だって言ってましたけど」

「僕や由香里とは話せるし、市の健診でも発達そのものには問題ないってことなんでグレーゾーンなんだけど、でも僕は、僕たちのせいだと思ってる」

義兄が目を伏せた。

「今回の件の前から由香里とはぎくしゃくしてて、世志輝には見せないようにしてたんだけど…」

世志輝を見ていると、自分の子どものころを思い出す。幼稚園のころにはもう家の中は殺伐《さつばつ》としていた。

「ご存じでしょうけど、うちは両親が長年不仲だったんで、姉は人一倍円満な家庭に憧れがあるみたいなんですよ。義兄さんと結婚するときも、世志輝を妊娠したときも、すごく張り切ってて、まああの性格なんで結局空回りしちゃったみたいなんですが」

「世志輝はナイーブな子だから、僕らがうまくいってないのを感じ取ってたんだと思う。かわいそうだけど、世志輝のためにはいっそ別れたほうがいいのかもしれない」

義兄は「詐欺に引っ掛かるような父親だしね」と辛そうに笑った。

「和真君は、結婚とか考えてないの」

気を取り直した様子で話を変えた義兄に、和真は笑って「まったく考えてないです」と即答した。

「俺は一生結婚しません」

「そうなの？」

あまりにはっきりした言いかただったからか、義兄が紅茶を飲もうとしていた手を止めた。

「好きな人はいるんですけど、ずっとすごくいい関係なんで、壊したくないんです」

「へえ…」

義兄は軽く目を見開いた。

「でも、人と人の関係って変わるよ。変わらない関係なんかない」

思うところがあるらしく、義兄の口調はきっぱりしていた。

このところずっと心のどこかで持て余していた問題に、義兄の言葉は強く響いた。

変わらない関係なんかない。

考えこみそうになったとき、和真のスマホが着信した。那由多のアイコンのついたポップアップが「ついたよ」と画面に表示されている。

「すみません、オートロックあけてやってもらえますか」

言っている間にインターフォンが鳴った。

「世志輝だ」

義兄はモニターを見て、いそいそとロックを解除した。

「元気そうだ」

「久しぶりに家に帰れて、ほっとしてるでしょうね」

この五日、わがままも言わず、目に涙をためて、一生懸命我慢していた。

「世志輝！」

エレベーターの前で待っていると、上昇ボタンが点滅して、ドアが開いた。飛び出すようにして現れた世志輝は、義兄を見つけるとうわっと大きな口をあけ、両手を広げた義兄に飛びついた。

「世志輝、世志輝、ごめんな」

抱き上げた義兄にぎゅっと両手でしがみつき、世志輝はほろほろと涙をこぼした。

「よかったねえ、世志輝君」

那由多があとから出てきて、涙ぐんでいる。

「ごめんな、那由多」

「由香里ちゃんは？」

「それが、どこ行ったのかわからないんだ」

和真が言い終わらないうちに、またエレベーターの稼働音《かどうおん》がした。二基あるうちのもう一基が上昇してきて、ドアが開く。

「由香里ちゃん？」

「えっ？」

「姉ちゃん！」

由香里はコンビニの袋をぶらさげて目を見開いていた。

「なに、なんで」

「どこ行ってたんだよ」

「コンビニ」

「なんで」

もう部屋の玄関まで行っていた義兄もこっちを振り返って驚いている。

「なんで、って…」

由香里は部屋着の上からコートだけ羽織った格好で、一目でわかるほど憔悴《しょうすい》していた。眠れないまま朝が来て、夫との話し合いの前に怖気《おじけ》づいてついコンビニに逃避したというのが見て取れた。

「心配かけてごめん」

由香里が小声で謝った。

「差し出がましいこと言うんだけど」

玄関までついて行き、姉がスニーカーを脱ぐのを見守りながら、和真は思い切って口を開いた。

「ちゃんと話し合ったほうがいいよ。本音を隠したり、よかれと思って気を回したりしてたら、結局本当に望んでるとこにたどり着けない」

言いながら、どの口が言うんだ、と和真は自分に突っ込んだ。

本心を隠して、よかれと思って、結局本当に望んでいるところにはたどり着けない。

それは自分だ。

友達のままでいい、那由多に負担をかけたくない、と誤魔化《ごまか》して来た。

那由多を失うくらいなら、今のままで充分だ。

まったくの嘘ではない。でも掛け値《ね》なしの本心でもない。

俺の望みは、本当に欲しいものは。

「まま」

義兄に抱っこされていた世志輝が、囁くような声を洩らした。

「ん？」

和真の言葉に耳を傾けていた由香里が、笑顔を浮かべて息子に目をやった。

「なあに」

「――まま」

世志輝がさっきより大きな声で言った。その声に幼い決意を感じて、和真はどきっとした。

由香里も目を瞠《みは》っている。

世志輝はひゅっと息を吸い込み、そこで喉《のど》を詰まらせた。大きな目から涙がぽろぽろ落ちる。

ちいさな手が義兄の肩をぎゅっとつかんだ。

「ぱぱ」

義兄もはっと息を呑んだ。世志輝のこんなにはっきりした声を初めて聞いた。

「まま、っ、…ぱぱ、…よ、よしき」

世志輝が懸命に声を出している。義兄が大きく目を瞠った。みるみる涙が目に浮かぶ。

「まま、ぱぱ、よしき」

「うん」

「まま、ぱぱ、よしき」

一生懸命声を出している世志輝に、由香里も呆然としている。

「まま、ぱぱ、よしき」

「世志輝！」

「世志輝くぅん」

義兄が片手で目を覆《おお》い、隣で那由多も泣きだした。

「世志輝君、世志輝君！　えらい！　えらいよっ！」

那由多が鼻水を垂《た》らして叫んだ。和真は甥《おい》のいじらしい勇気に感動しつつ、なんでおまえが一番泣いてんだ、と那由多にハンカチを差し出した。

「世志輝」

姉は目を真っ赤にしたが、泣くのはこらえた。

「もう、いい大人がなに泣いてんのよ」

義兄は一人息子を抱きしめて泣いている。

「だって世志輝が」

「そりゃ泣いちゃうよ、由香里ちゃん」

世志輝と義兄がほろほろ泣いて、那由多が横でだーだー泣いて、和真は強情を張って涙をこらえている姉に「そういうとこだよ姉ちゃん」と思いつつ、姉がそっと義兄の腕に触れているのを見て、きっとうまくいく、頑張れ、とエールを送った。

きっと憧れの「仲のいい家族」になれる。頑張れ。

7

「和真《かずま》だって泣かなかったじゃん」

帰りの駅の改札で、那由多《なゆた》が口を尖《とが》らせた。由香里《ゆかり》の強情さについて意見を述《の》べた和真に、不服そうに言い返してくる。

「俺はもう、世志輝《よしき》君のあの頑張りに胸いっぱいになっちゃったのにさ」

家族三人にしてあげよう、と早々に那由多とマンションを出て、せっかくだからと姉の店でランチを食べた。

食事をしている間も、そのあと駅までぶらぶら歩いている間も、そしてこうしてホームに向かっている今も、和真は葛藤《かっとう》していた。

那由多に本心を打ち明けたい。

那由多はたぶん、受け入れてくれる。ずっと前からそう感じていた。

それなのに言わないできたのは、那由多が自分にとって唯一無二だからだ。こんなに安定している関係に恋愛を持ち込んで、バランスを崩したくない。

「由香里ちゃんたち、仲直りできたかな」

和真の少し後ろで階段を下りながら那由多が呟くように言った。

「世志輝がいるし、大丈夫だろ。腹割って話せば、お互いのこと前よりよくわかるだろうし」

「雨降っていい具合になる、ってやつだね」

「それそれ。そういえば俺たちって地固まる、な」

「雨降って地固まる、な」

那由多がなにげなく言った。

「俺に意見したってむなしいだけだって、和真ぜんぜん怒らないし。雨降らないねえ、俺たちのとこ」

前の急行が出たところで、ホームに人はまばらだった。

――俺たちのところには雨が降らない。

降らさないようにしていたから。屋根の下からは出ないようにしていたから。

「あのさ」

乗車位置で立ち止まって、那由多が珍しく遠慮がちに言った。

「俺、そろそろ自分で部屋借りようかな」

「――は?」

びっくりして見ると、那由多も和真のほうを見上げてきた。

「職場の人に、友達のマンションに間借りさせてもらってるって話したら、いい彼氏さんなのねって言われたことあるんだよね。あ、彼氏ってのは向こうが勝手に誤解しただけだからね。

で、そのときにも思ったんだよ。彼氏でも当たり前みたいに家賃も光熱費も払ってくれて文句ひとつ言わないって相当心広いんだよなあって。俺、こんなだからずっと居候《いそうろう》して平気な顔してたけど、やっぱりちょっと図々しいよね」

那由多が唐突なのはいつものことだが、なぜ急にそんな他人行儀なことを言い出したのかわからず、驚いた。口振りから、ただの思いつきで口にしているのではないとわかる。

「別に、図々しいとかないだろ」

「俺、昔から和真に甘えっぱなしでさ」

「それこそ今さらだ」

冗談にしてしまおうと笑ったが、那由多は笑わなかった。コートのポケットに両手を入れて、じっと線路のほうを見ている。

「年内は無理かもだけど、今仕事落ち着いてるから、来週でも不動産屋行ってみるよ」

「いや、ちょっと待てって。勝手に決めんな」

焦《あせ》って語気が強くなった。

「俺がいつ出てけとか言ったよ」

「和真はそんなこと言わないけど、でもさ」

那由多がなにを考えているのかわからない。

「和真、電車あと何分?」

那由多がまた突然話を変えた。

「え？」

電光掲示板を見ると、前の駅名のところに矢印表示が出ている。

「前の駅についたってことは、五分くらいか？」

「ほんじゃちょっと俺、水買ってくる！」

那由多がぱっと走り出した。こちらのホームにはない自販機まで行って、水を買うつもりらしい。

「おい」

那由多の唐突さには慣れているが、それにしても今日はいったいなんなんだ、と混乱した。どうして急に出て行くと言い出したのか、わけがわからない。世志輝を預かったことでなにか思うところがあったのだろうか。

説得の方法を考えていると、しばらくして那由多が向こうのホームの階段を駆け下りるのが見えた。いかにも足の遅そうな走りかただ。ウエストを結んだ白いコートが人目を引く。ポケットからＩＣカードを出して自販機の読み取りにタッチさせ、商品のボタンを押す。

なんでもない、見慣れた那由多の姿を離れたホームから見ていて、和真は突然「今、このときは二度と戻ってこない」と身体の芯から実感した。

自分が本心を言い出さなければ、ずっと同じ日々が続いていくのだと思い込んでいた。傲慢《ごうまん》だった。

秋の日差しも、那由多のかざすＩＣカードも、通りすぎる高校生の集団も、ベンチでスマホを見ている女の子も、なにもかもが永遠ではない。

どんなに望んでも、時間は止まらない。

小学校の教室で、あずみなゆたです、と名前を言ってじっと自分を見つめた男の子はもういない。

那由多がかがんで取り出し口からペットボトルを掴んだ。

「――那由多」

声が聞こえたかのように、那由多がこっちを向いた。ペットボトルをちょっと持ち上げて笑っている。電車がまいりますので白線の内側までおさがりください、とアナウンスが入る。

向かいのホームに特急が入ってきた。那由多の姿がかき消える。

小学生のときの那由多はもういない。

中学生のときの那由多ももういない。

時間は過ぎていく。

取り返しはつかない。

――そろそろ自分で部屋借りようかな。

――昔から和真に甘えっぱなしでさ。

「…なんだ、それ」

今。今言わないと、と突然なにか大きなものに突き動かされた。

ごーっと特急列車の車体が走り抜け、通過した。

那由多はいなくなっていた。

気がつくと、和真は連絡通路の階段に向かっていた。二段飛ばしで駆け上がり、息を切らして連絡通路に上がる。

少し遅れて向こうの階段から那由多が現れた。

「那由多！」

うつむきがちに階段を上がってきた那由多が驚いたように顔を上げた。和真は夢中でダッシュした。那由多がびっくりして立ち止まっている。

「和真？」

和真は那由多のほうに手を伸ばした。

「――好きだ」

那由多の腕を摑むなり、言った。那由多が目を瞠《みは》った。

「好きだ」

那由多の口がぽかんと開いた。

「ずっと好きだった」

巻頭カラー「悪い男」読み切り♥
ひじき
初登場！
「暴いて、溶かして。」
将来を約束された「人生勝ち組」の雅人《まさと》だったが……!?
2号連続特集企画♥ 第2弾のテーマは…
「悪い男」特集
|特集カラーイラスト|赤原ねぐ／梢島さち
|特集コミック&ショート|あがた愛／雨隠ギド／猫野まりこ／山田ノノノ
ほかアンケート集計結果大発表など企画満載♥
（カット：猫野まりこ）
「セラピーゲーム」ミニドラマCD
※デザインは仮のものです。
CAST 静真《しずま》：新垣樽助《しんがきたるすけ》×
湊《みなと》：小野友樹《おのゆうき》
ふろく♥
表紙もふろくCDも♥
同棲《どうせい》目前のはずが……!?
超人気カップル静真《しずま》×
湊《みなと》に波乱の予感!!
日ノ原 巡
「セラピーゲーム リスタート」
カラーつき新連載♥
ごめん、ごめんな、と繰り返す恋が始まる——。
奥田 枠
「午前2時まで君のもの
カラーつき大人気連載♥
菊右衛門の過去が、今明かされる——。
夏目イサク
「花恋つらね」
リレーエッセイ「モエパラ☆」望月
akabeko／金井 桂／左京亜也／志水ゆき／瀬戸うみこ
のきようこ／松本 花／南月ゆう／山本アタル／りーるー
ドラマCDアフレコレポートマンガ&キャストインタビュー
「十二支色恋草子」待緒イサミ
Dear+ 2020 12
ディアプラス
恋愛至上主義★ボーイズラブマガジン!!
11.13 [Fri] ON SALE
毎月14日発売／CDつき特別定価・予価：本体790円＋税
表紙イラスト：日ノ原 巡
希望者はもれなくもらえる♥全プレペーパー
DEAR+ Paper Collection：ひじき
※予告は一部変更になることがあ
SHINSHOKAN https://www.shinshokan.com/comic/
ディアプラス シェリプラス編集部 Twitterアカウント
@dear_plu

スカーレット・ベリ子
Scarlet Beriko
『ジェラシー』
大注目連載
♥
表紙
山田ノノノ
新連載
巻頭カラー
キヅナツキ
『ギヴン』
「ギヴン」。
ット!
人気急上昇連載☆
カラーつき
猫野まりこ
大人気連載☆
カラーつき
七瀬
ection：山田ノノノ
プラス
ri+
極上の愛に酔うBLマガジン
Mon〉 ON SALE
2021
1
佳門サエコ／楔ケリ／早寝電灯／
麻々原絵里依（原作:J・L・ラングレー）／
石原 理／林らいす／西のえこ／さはら鉄／
うしの／色野イト／はんそで ほか
ショートコミック 氷室 雫／堀江蟹子
コラム すず屋
イラストリレーエッセイ「萌えモノ語り」：コウキ。
予価：本体690円＋税 ※予価は一部変更になることがあります。
@hakkaplus
小説ディアプラス編集部Twitterアカウント @n_dearplus

ドラマティック＆♥な、ボーイズ・ラヴ・ノヴェル!!
COVER ILLUSTRATION：ミキライカ
定価：本体780円＋税
第56回 小説ディアプラス・ペーパーコレクション
夕映月子
小説ディアプラス
Dear+ アキ
2020 AUTUMN
NOW ON SALE!!
「ファンタジー」特集
豪華作家陣によるアンケート回答結果大発表!! ほか
エッセイ：高尾理一
カット＆ミニマンガ：松本 花
記憶喪失の魔法使い×訳アリたまご料理屋店主、美味しいエロス＆ラブを召し上がれ♥
川琴ゆい華
×笠井あゆみ
ファンタジー
巻頭カラー♥
小林典雅
×おおやかずみ
カラーつき♥
ファンタジー
華藤えれな
×木下けい子
夕映月子
×陵クミコ
ファンタジー
カラーつき♥
一夕映月子デビュー10周年プチ特集!!一
一穂ミチ
×山田2丁目
久我有加
×芥
栗城 偲
×みずかねりょう
BL大賞奨励賞トップ作デビュー
幸崎ぱれす ×高星麻子
Comics
麻生 海（原作：月村 奎）
松本 花／林らいす
Essay
大木えりか ×山田睦月
大増ページ特大号!!
ちょっぴりオトナな電子書籍新レーベル Hakka+《ハッカプラス》
毎月第1金曜日配信中!!
Hakka+編集部Twitterアカウント @hakkaplus
新連載 11月配信スタート!
梅本ガチコ
奥田 枠
志水ゆき
高野 弓
半割《はんざき》
えむえむお
千野《ちの》ち
長与エリ子
夏目イサク
猫野まりこ
藤峰 式
ミキライカ

ディアプラス・コミックス11月の新刊　大好評発売中

ディアプラス・コミックス12月の新刊　12月1日発売

ディアプラス・オンライン・セレクトカレンダー 20

20点のイラストの中からお好きなイラストを12枚選んで、あなただけのオリジナルカレンダーが作れるオンライン・セレクト
2021年版のラインナップは宝井理人先生、夏目イサク先生、南月ゆう先生！　お気に入りのカレンダーを作って飾ってみ

宝井理人
「テンカウント」カレンダー

夏目イサク「飴色パラドックス」
「花恋つらね」カレンダー

南月ゆう
「チェン
「ラブ

A3リングカレンダー
A3サイズ／予価：本体3,000円＋税

卓上カレンダー
H137×W118／透明ケース入り／

ディアプラス文庫11月の新刊　11月10日頃発売

予価:本体680円＋税

こんなところで、こんなに突然言うつもりはなかった。いつもの自分なら、絶対にしない。でも今言わないと、という絶対的な気持ちに突き動かされていた。

「え…？」

那由多は棒立ちになっている。向かい合っている二人の横を高校生の集団が怪訝《けげん》そうに見ながら通り過ぎて行く。

「え、と、その…す、好き、っていうのは、つ、つまり…」

明らかに混乱している那由多の頬に手を伸ばし、和真は少しかがんだ。詳しく説明するより早い。

「え」

那由多の髪が頬に触れ、甘い匂いがした。

反射的に目を閉じた那由多の唇はまだ軽く開いたままだった。柔らかな感触を唇に感じ、少し顔を傾けて、和真はしっかりと口づけた。那由多はただ立ち尽くしている。

「――」

唇を離して目を開くと、密集した睫毛《まつげ》の間から薄茶色の瞳がこっちを見ていた。秋の午後の重たい陽光が、那由多の頬を白く縁取《ふちど》っている。

「え、え、え……？」

呆然としている那由多に、かえって和真は落ち着きを取り戻した。

「好きだから、出て行くとか言うな」

「は……」

目を丸くしたまま、那由多は和真の顔を見つめている。

返事しろよ、と言う前に那由多がよろめいて、和真は慌てて腕を掴んだ。

「ご、ごめ…」

謝りかけて、那由多の唇のはしっこがきゅっと上がった。

「…はは」

「なんで笑う」

「だって」

真面目に言っているのを茶化された気分でむっとしたが、那由多の頬がみるみる赤くなった。

えー、えー、と那由多が小刻みに足踏みをした。

「だって俺も、その、好きだって言うつもりだったから！」

那由多が勢いよくペットボトルのキャップを取った。

「そうなのか？」

びっくりした和真に、うん、とうなずいてから、那由多はごくごく水を飲んだ。

強く求めればきっと受け入れてくれると感じてはいたが、まさか那由多のほうから言い出すとは想像もしていなかった。那由多ははー、と息をついた。

「居候のまま好きとか言うのはなんか違うなって思ったから、一回ちゃんと独立しようと思ってさ。そんで、好きだって言おうと思ってたんだけど、なんか緊張して喉カラカラになったから水買いに行って、よっしゃ言うぞって気合入れてたのに、…和真に先に言われた」

わかるようなわからないような理屈を述べて、最後にいかにも残念そうに言ったのがおかしくて、つい噴き出した。噴き出しながら、感動した。俺たちは同じ気持ちでいる。

「那由多でも緊張するのか」

「するよ、そりゃ。でも世志輝君があんなに勇気出してるのに、四歳児に負けてられないでしょ」

那由多がそんな決意をしているとは思わなかった。なにより、同じ気持ちでいてくれたことにじわじわと喜びがこみあげてくる。

「出てくなよ」

和真がもう一度言うと、ペットボトルの蓋《ふた》を締めようとしていた那由多が手を止めた。

「おまえが出てったらあの部屋広すぎるし、那由多がいないと、俺は困るんだ」

人の思惑など頓着《とんちゃく》しないし、好きなことしかしないが、那由多は人間としてまっとうだ。

ずっとそれに助けられてきた。

「そもそも食費は那由多が出してるんだから、居候ってことはないだろ」

「え、そう?」

「たまたまあの部屋借りるときに那由多が失業中だったから俺の名義になってるけど、もし俺が失業したら、そのときは那由多が家賃払ってくれるだろ？」

「それはもう」

「じゃあこの話は終わり。だいたい、そんな他人行儀な仲じゃねーだろ、俺たち」

「うん」

那由多が瞬《まばた》きをした。

「そうだね、そうだった」

那由多が眩《まぶ》しそうに目を細めた。キスしたい、と自然に思った。那由多も同じことを思っているのがわかる。

ほんの一瞬触れただけのキスなのに、それで一気に全部が変わった。オセロみたいだ。重要なところに散らばっていた恋愛が、たったの一手で友情をひっくり返した。

ホームのほうから電車の音が聞こえてきた。

「和真」

一緒に早足で階段を下りながら、那由多がふと何かを思い出したように笑った。

「俺たちのとこにはやっぱり雨降らないね」

「ちょっと降ったけど、小雨《こさめ》だったたな」

那由多と一緒に笑い合い、ホームに入ってきた電車に飛び乗った。

早く帰って、恋人になろう。

8

なにもせずに出かけたので、部屋は散らかり放題になっていた。カーテンも引いていないし、リビングはマットレスや毛布が起きたときのままになっている。

でもそれがちょうどよかった。

「俺たちの場合、迷ったら死ぬ」

リビングに入るなり、那由多《なゆた》は背伸びをして和真《かずま》の首に腕を回した。和真にこんなことをしていいのが、まだ信じられない。

「なんで死ぬんだ」

「照れくさくて」

長年のつき合いだから、ある意味家族に近い。家族とセックスは食い合わせが悪い。即恋人になるべきだ。

那由多の主張に、和真は笑って「ま、確かにな」と答えた。

「それじゃ率直に言うけど、俺はおまえのこと抱きたいと思ってる」

和真に「いいか?」と確かめられて、那由多はよろけた。

「おい」

「あ、ごめん」

急に足から力が抜けて、那由多は敷きっぱなしのマットレスにへたりこんだ。和真のほうに手を伸ばすと、和真が上から覆《おお》いかぶさってくる。

――和真が「好きだ」って言った。

さっきの奇跡を思い出してどきどきしながら、那由多は目を閉じた。

人の通る駅の連絡通路の真ん中で、常識家の和真が、唐突に、はっきり言ってキスしてくれた。

――好きだ、那由多。

何回でも反芻《はんすう》できる。嬉しくて死にそう…。

ここ何年もしていなかったキスに、那由多はうっとりと目を閉じた。さっきの「抱きたい」がものすごくて、ぼうっとしていると好きなように舌を探られた。リードされるのが新鮮で、気持ちいい。

「俺、やばいかも」

まだお互い服を着たままで、那由多はコートすら脱いでいない。ひとしきりキスをして、唇を離すと、全身が期待でいっぱいになっているのがわかった。

「なにが」

「やばい、なんかものすごく…」

身体の中も頭の中も、エロ成分でいっぱいになっていて、ちょっと触られただけで溢れてしまう。

「ものすごく?」

適当な言葉が出てこない。

「とにかく、シャワーしてくるね」

「いい」

起き上がろうとしたら、簡単に制された。

「でも」

「那由多が言ったんだろ。迷ったら死ぬ。シャワーとかあとだ」

言いながら、和真がぱっぱと服を脱いでいく。那由多もそれを見ながら脱いだ。カーテンを引いた部屋は、ほどよい明るさで、和真のなめらかな肌やしっかりついた筋肉がちゃんと見える。

ずっと和真の裸を見て興奮してしまう自分がうしろめたかった。でももう解禁なんだ、と那由多は好きなだけ和真を眺めてうっとりした。そして臨戦態勢になっているのにうわぁ、と興奮した。

上だけ脱いだところで、先にぜんぶ脱いでしまった和真が顔を近づけてきた。大きな手が頭の後ろを支え、唇を開くと舌が遠慮なく入ってくる。こんなキスするんだ…と舌を舐《な》められ、強く吸われて、くらくらした。エロい。真面目な顔して、こんなことしてたんだ、と心の中で幼馴染みを糾弾《きゅうだん》する。

「和真…」

体重をかけられ、那由多は仰向《あおむ》けに押し倒された。肌が密着し、和真の手のひらが胸や背中、脇腹を撫でる。そのままボトムの紐《ひも》を解かれた。

「和真、すごい慣れてるね」

なんだか悔しくて、つい恨みがましい声になった。

「は?」

「キスも、脱がすのも、すっごい慣れてる」

「そうか?」

腰を浮かせるとするっと下着ごと脱がされた。

「ほら、慣れてる」

「こんくらい普通だろ」

和真が困った顔で笑った。それが妙に色っぽくて、那由多は自分の知らない和真を見せられたようでどぎまぎした。

「あーなんか…」

心臓がありえないくらい激しく打っている。

「うん？」

和真が優しく顔を覗き込んできた。

こんな甘い和真は初めてで、頬も耳も額もかぁっと熱くなった。

「もーだめ…」

「さっきからどうしたんだよ」

ひとりでじたばたしているのはわかっている。でもそんな余裕で慮《おもんぱか》られると、それにまたときめいてしまう。

「ん」

ちゅ、と唇にキスされ、あ、と思ったらすかさず舌が入ってきた。

固い黒髪を撫で、キスに応える。やっぱりリードが上手い。やっと和真のキスに慣れて、同時に変な緊張が解けた。

「――ん、う……」

肌触りを愉《たの》しんでいた和真の大きな手が、明らかに性感帯を探し始めた。

「那由多」

試すように胸の粒を指で潰され、思わず息を止めた。

「あ」

触られたことがなかったから、舌先で舐められるとそんなに気持ちがいいのだと知らなかった。

「あ、…っ、……ん、う……っ、あ、あ…」

両方の乳首を交互に舐められ、湧き上がってくる快感に夢中になった。

「和真、なんか、これ…だめ、な気が…」

「なんで?」

「だって、」

気持ちよすぎる。

絶対癖になる。

しかも吸われるともっといい。

「…こんなの、だめ、だって…、これ、こういうのって、…」

この快感を覚えてしまうのはまずい気がする。本能的に抵抗したが、和真に楽々と制された。手をまとめて頭上に固定されて、まともに吸いつかれた。

「や、あ」

衝撃的な快感に、反射的に和真の頭を押しのけようとした。和真がうるさそうに手をどける。

「那由多、手、俺の背中にやっといて」

当たり前のように指示されて、それに唯々《いい》諾々《だくだく》と従ってしまう。和真は小さな乳首が気に入った様子で、しつこく舐めたり吸ったりした。

「あ、痛」

指先でつまみあげられて思わず声を上げた。痛いのに、甘い感覚もあって、声がとろけた。

「那由多」

「ん」

「俺もだいぶまずい」

薄く目を開けると、上から見下ろしてくる和真と視線が合った。

「那由多の目が…」

わずかにずれる斜視《しゃし》が色っぽい、とたまに言われることがあった。自分ではよくわからないが、今も少しずれているみたいだ。足を持ち上げられ、左右に開かされた。どきどきする。

「入れたい」

低い声で囁かれて、うん、とうなずいた。

「でも、入るかな…？」

「うまくいかないかもな。でも、一回チャレンジしてみていいか？」

「うん」

和真がふと思いついたように、リビングテーブルの上にあったスキンローションを手に取った。

「あ、なんていいとこに置いてたんだ俺」

仕事柄、手が荒れがちなので秋口になると保湿するようにしていた。和真が笑った。

「ゴムはないけど、ちゃんと外に出すから」

「その、ちょいちょい慣れてる感じ見せるの、ほんとやめて」

軽く文句を言ったら、口をつままれた。

「那由多だって同じだろ」

「俺はこんなのされたことないよ」

自分はバイセクシャルというやつなんだろうな、と思っていたが、限りなくゲイ寄りだという気がする。

だから足を開かされて、こんなところに指を入れられて興奮している。

「嫌か？」

和真がふと心配そうに訊いた。那由多は首を振った。

「ちょっと恥ずかしいけど、和真にされるのは嫌じゃない…」

正直に言うと、和真が安心したように笑ってキスしてきた。

「あ、…」

キスに気を取られていると、ぐっと指が奥に入ってきた。慣れてる感じが憎らしいが、安心するのも本当で、那由多は和真のするままになった。

最初は固く閉じているところをこじあけられて、異物感しかなかったが、徐々に馴染んできた。

「なんか…すごい変な感じ…」

呼吸すると、緩《ゆる》むのもわかる。指が中をゆっくりと動き、試すように広げられた。

「――ん……」

痛い？　と訊かれ、首を振った。本当はちょっと痛い。でも気持ちは大丈夫だ。

「那由多」

指の代わりに大きな塊《かたまり》があてがわれ、和真が額や頬にキスしてきた。那由多はどきどきしながら和真の首に両手を回した。

「――っ…」

無理、と言いそうになった。広げられ、圧迫されて、那由多はぎゅっと目を閉じた。

「息して」

和真が苦しそうに囁いた。耳に息がかかり、ぞくっとした。

「あ……っ」

中に入ってくる感覚に、那由多は和真にしがみついた。和真の汗ばんだ肌がさらにしっとりと濡れてきた。

「那由多……」

途中まではゆっくり、最後のほうは一気に、中にはいってきた。

「――……っ、は、…っ……」

息をするので精いっぱいで、那由多は和真の肩に爪を立てた。

「すげー…いい」

和真が短く囁いた。

「やばい。最高にいい」

身体のことだけを言っているのではないとわかって、那由多はなんとか目を開いた。

「大丈夫か」

「うん」

怖いくらいにいっぱいに満たされて、那由多は自分の額にかかる髪を指先で払う和真を見つめた。

「和真」

「ん」

和真とこんなことをしてるのが、なんだか不思議だ。でもぜんぜん違和感がない。

「那由多」

「うん」

囁かれて、囁き返した。

「和真」

「うん」

交代に名前を呼んで、返事をして、それから笑った。

「あ、だめ。笑ったら、なんか…」

お腹の奥から変な感覚が湧き上がってくる。和真がそっと引いて、ゆっくり戻って来た。もう一度。手を握って、もう一度。

「ん、ん……」

徐々にリズムが早くなり、和真の呼吸が荒くなった。

「あっ」

不意打ちに乳首を甘噛みされた。鋭い快感にびくっと震え、それが背中から腰に伝わっていく。和真が腰を使い、その色っぽい動きに那由多も合わせた。

「はあ、は…っ、はあ…、は……」

和真が少し身体を起こし、濡れきっている那由多を握った。

「あ、あ……っ」

身体のどこがどう快感を受け取っているのかだんだんわからなくなってきた。

「那由多」

こらえきれなくなったというように、いきなり激しく突き上げられた。一回一回のストロークが重く、強く、受け止めるだけで精いっぱいになった。和真の腹筋に擦《こす》られて、射精感が急速に高まって行く。

「もう、…いきそう、和真…」

「ん」

きゅっと絞《しぼ》るように手で愛撫されて、那由多はあっけなく達した。同時に埋め込まれたところから甘い感覚が広がる。

「あ、あ……っ」

背中から腰に痺《しび》れが走り、那由多は深い快感に沈んだ。

那由多、と耳元で声がして、中に熱いものが溢れた。

「──」

和真が強く抱きしめてきた。

はあっ、はあっ、という激しい息が混じり合い、抱き合ったまましばらく動けなかった。

「──ごめん、外に出すの、間に合わなかった…」

和真が苦しそうな呼吸の合間に申し訳なさそうに言った。

「こんなの初めてだ」

囁く声が掠れている。

那由多は手を伸ばして和真の髪に触れた。汗で濡れ、しっとりとしている。見つめ合ってキ

スをして、なんの不自然も感じない。

「那由多」

「ん」

「もっと早くこうすりゃよかった」

その言いかたにあまりに実感がこもっていたので、那由多は思わず笑ってしまった。

さんざんためらって、回り道して、でもいざこうなってみると、全部が自然だ。

「これからいっぱいしようよ」

那由多が言うと、和真は一瞬目を見開き、それから笑った。

「だな」

和真がキスしてきて、那由多は笑って目を閉じた。

9

世志輝《よしき》の通う保育園は、毎年クリスマスには父兄参観の劇をやるという。

「うちはカトリックなのよね。だから毎年四歳さんから上は聖劇をやるの」

由香里《ゆかり》が言いながら「マリア組」のプリントを広げた。教会を模《も》した講堂には折り畳《たた》みのパイプ椅子が並び、和真《かずま》と一緒に後ろの出入り口から入っていくと、すでに席は半分以上埋まっていた。

先に来ていた由香里が席をキープしてくれていたおかげで、中ほどの席に並んで座れた。

「義兄《にい》さんは？」

「あそこ」

由香里が示したほうを見ると、ずらっと並んだビデオ撮影の父兄に混じって、由香里の夫が一生懸命三脚を調整していた。

あれから二人は関係を修復して、雨降って地固まるだ、と和真から聞いていた。

「しかも姉ちゃん、詐欺《さぎ》商材売りつけてきた女がどこからどう義兄さんとつながったのか聞きだして、自力で探って交渉までしたんだよ」

そこに至るまでにはプロの力も借りているので持ち出しのほうが多かったらしいが、これは金の問題じゃなくて気持ちの問題、と示談金《じだんきん》をふんだくり、二度とうちのダンナに近づくな、と念書《ねんしょ》までとったという。

「さすが由香里ちゃん強い…」

「世志輝もだいぶしゃべるようになったみたいだし」

和真が小声で言ってプリントの「あべよしき」という名前を指した。

「えっ、世志輝君、主役じゃん」

キリスト、という配役にびっくりして言うと、由香里が「セリフがないのよ」と笑った。

「保育園じゃまだあんまりしゃべれないんだけど、先生が世志輝君ならちゃんとできるって言ってくださって」

配役はマリアさま、ヨセフさま、三博士などとあって、どうやらキリストの生誕が題材のようだ。

一歳さん、二歳さんのお遊戯《ゆうぎ》やお歌は可愛らしく、講堂はいつの間にか後ろのほうまでいっぱいになっていた。

三歳さんが揃いの服を着て合唱し、続いて劇が始まった。

先生のオルガンに合わせてお話が始まる。

馬の役で園長先生が着ぐるみで現れたり、村娘役でマッチョな先生がドレスで踊ったり、なかなかサービス精神がある。父兄からも「園長先生、頑張って」や「枝野先生かわいい」の声が飛んで、那由多《なゆた》も舌足らずな園児のかわいいお芝居を楽しんだ。

いよいよ生誕のシーンになった。

マリア役は六歳さんの大柄な女の子で、長い台詞を堂々と披露《ひろう》する。

「あっ」

世志輝が白い服を着て現れ、思わず声が洩れた。スポットライトが世志輝を捉《とら》え、オルガンの音楽がぴたりと止まる。

那由多はどきどきしながらがんばれっ、と心の中で応援した。

しん、と静まり返った講堂の中で、すべての視線が世志輝に集まっている。緊張しながらも、世志輝はしっかりした足取りで舞台の真ん中まで進み出た。

「――このよにくだりし、かみのみこ」

ナレーションに合わせて、世志輝が前方に視線をやって、ゆっくりと両手を合わせた。スポットライトが徐々に絞《しぼ》られる。

一瞬の間のあと、わっと拍手が起こる。

那由多も夢中で拍手をした。和真が立ち上がって「世志輝！」と叫んだ。オルガンが鳴り、舞台に明かりがついて、園児たちが踊りながら出てくる。

椅子席の父兄が全員立ち上がって拍手をおくった。由香里の夫は三脚の前でハンカチを顔にあててぼろぼろ泣いていた。

「もーまた泣いてる」

そう言う由香里もハンカチで目を押さえている。

「ところでさ」

思わず和真と目を見合わせて微笑み合っていると、由香里がハンカチを離してこっちを向いた。

「あんたたちってつき合ってるの？」

和真が一瞬返事に詰まり、那由多は不意打ちすぎて固まった。

「あらまー」

由香里が眉を上げた。

「ようやくまとまったか」

「まとまったって、なんだよ」

「いや、長かったねえ」

むっとしている和真を無視して、由香里が楽しそうに笑った。

「ま、末永く仲良くね」

「言われなくても仲良くしてるわ」

和真が言い返し、那由多はちょっと赤面した。たしかに仲良くしている。しすぎるくらいだ。

舞台の上で、最後の合唱がはじまった。キリスト役の世志輝は真ん中で、みんなと一緒に歌っている。

ハレルヤ、と子どもたちの声がひときわ高く響き、会場中から歓声が上がった。那由多も夢中で手を叩いた。

「世志輝くーん！」

那由多の声が届いたのか、舞台の上で世志輝が遠慮がちに小さく手を振った。

降ってても止んでも

futtemo yandemo

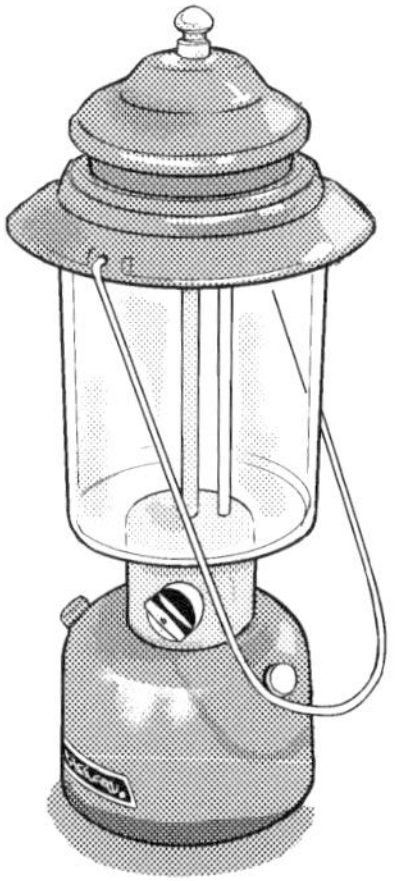

1

那由多《なゆた》は朝が弱い。

さらに「急ぐ」という概念がほとんどない。

土曜の朝、ぬくぬくとしたロングTシャツ一枚の恰好《かっこう》で自分の部屋から出てくると、那由多はふあーと遠慮のない大あくびをしながらヒーターの前に転がった。

「おはよー」

「やっと起きたか」

和真《かずま》のほうは休日の朝の習慣で、ジョギングをしてシャワーを浴びたところだった。タオルで頭を拭《ふ》きながら、つい那由多の素足に目をやってしまう。

厚手の布からのぞく細い足首にはうっすらと静脈《じょうみゃく》が浮いていて、奇妙に艶《なま》めかしい。那由多はううぅーと眠たそうにうなりながら、そこにあったクッションを抱えてごろんとうつぶせになった。ロングTシャツが腰の線をあらわにする。和真は頭を拭いていたタオルを肩にかけた。

前までは急いで目を逸《そ》らしていたところだが、今は好きなだけ眺めてもいいし、なんならあのTシャツの裾《すそ》をめくってても問題なくなった。

「おまえ、今日仕事じゃないのか」

「うん、仕事」

なんとなれば、那由多はもう和真の恋人なのだ。

「時間いいのか？」

「だから早起きはしたんだよ。ああーでももうこんな時間かあ」

那由多が壁掛けの時計に目をやって、間延びした声を出した。

「今日から受注会なんだろ？　遅刻したらまずいんじゃねーのか」

恋人関係になって二ヵ月、和真はいつの間にか那由多のスケジュールを把握するようになっていた。性生活に影響するからだ。

「そうそう、オンライン受注会なんだよねー。今日初日だから早めに行かないと」

万事《ばんじ》にマイペースな那由多だが、さすがに仕事のときは時間を守ろうと努力はしている。和真の目にはのんきに見えるが。

那由多がはぅあー、と猫のように大きく伸びをした。

「おまえな」

「うん？」

上半身をクッションに押しつけ、腰を高く上げて、本人は背中をストレッチしているつもりだろうが、今すぐ後ろからぶちこんでやろうか、とオスの本能剝き出しの考えが頭をよぎる不《ふ》埒《らち》なポーズだ。

「早く着替えろ」

一瞬誘惑されそうになって、和真はぐっとこらえた。ここで手を出したら何のために昨夜我慢したのかわからなくなってしまう。

「ふぇーい」

那由多のほうは色気もくそもない返事をして身体を起こした。

「あーでも昨日は久しぶりにいっぱい寝たなー」

那由多が晴れ晴れと両手を頭上に突き出す。

「気分爽快！」

「そりゃよかったな」

睡眠不足が続くとたんに微妙にずれる右目は、今日は正常位置に納まっていて、それは和真の忍耐のたまものだ。

那由多の仕事が繁忙期《はんぼうき》に入ったので、このところ和真は自重《じちょう》するよう心掛けていた。

昨日も遅く帰って来た那由多が疲れきっているくせに「ムラムラする」と言い出したのを「明日もあるんだろ」となだめて最後まではしなかった。

とてつもない忍耐だったが、なにしろ那由多は快楽に弱い。昔から美味《うま》いものには目がないし、楽しそうなことには後先考えず突っ込んでいく。セックスも心置きなく楽しんでいるのはいいとして、和真がセーブしないと確実に翌日に響いてしまう。

寝不足と腰痛とその他いろいろでダウンした那由多が「今日はニッターさんと打ち合わせだった」と半泣きで出かけて行ってからは反省して、以後は極力那由多の予定に合わせるようにしていた。

この一週間、最後までしたのは二回だけで、年齢的には相応かもしれないが、恋人関係になって間がないこの時期としてはかなりの忍耐といえる。そろそろ和真のほうも限界を感じていた。

「今日も帰り遅いのか？」

「レスポンスによるけど、たぶん。あー神様、いっぱい受注入りますように！」

那由多がやみくもに柏手《かしわで》を打った。

「特にあの超かっこいいシャツワンピ！　あれにどれだけ心血《しんけつ》注いだか。わかる人にはわかる、あの凝《こ》った裏ポケット、からの絶妙な袖《そで》の位置！　あれこそオンラインライブでアピールしないと」

「いいから早く着替えてこいって。朝飯食う時間はあんのか？」

「あるあるー」

那由多が調子よく叫んで洗面所に消えたので、和真はキッチンに入った。

少しでも室温に戻すべくまず卵を出して、次に野菜室をのぞく。

那由多は料理好きだが、なにせ計画性ゼロなので、油断するとすぐ冷蔵庫がいっぱいになってしまう。ウィークデーは那由多の担当で、週末、野菜や加工食品の消費期限を確認して調理するのが和真の担当だ。栄養バランスや消費期限の優先順位を考えて食材を使いきるのは達成感があり、これはこれで案外楽しい。

湯を沸かし、元気をなくしかけていた野菜たちを刻《きざ》んで炒《いた》め、パンをスライスしていると那由多がばたばた部屋から出て来た。

「ああ～美味《おい》しそう！」

嬉しそうな声をあげてテーブルについた那由多は、白のふわふわしたニットセーターに、裾《すそ》の長いこれまた純白のパンツをはいていた。上も下も身体が泳ぐようなビッグサイズだ。和真はまったく服に興味がないので、最近はやたらだらっとした恰好してんな、くらいの感想しかないが、おそらくこれが流行のシルエットなのだろう。

「おまえそれ飛ばすなよ？」

それより粗忽者《そこつもの》が上下真っ白の服でしゃかしゃかドレッシングを振っていると和真のほうがハラハラする。

「これね、めっちゃいい糸使ってんの。カシミヤでも最近はこのランクなかなかないんだよ。ほんでこのニッターさんがまた職人魂のすごい人でさー」

「そんならよけいに気をつけろよ」

「あ、これチーズ入ってるのか」

和真の小言は聞き流し、那由多はスプーンで半熟のスクランブルエッグをすくった。濡れた唇から舌先がちらっと見える。

「美味しい！」

思わず目が釘付けになり、衝動的にキスしたくなったが、那由多が幸せそうに卵を口に運びだしたので断念した。

「すっごいとろとろ。半熟いい感じ」

和真の葛藤《かっとう》などまったく気づかず、那由多ははふはふ卵に集中している。

せっかくの長年の友情に性愛を持ち込んだりしたらどうなるんだ、と躊躇《ためら》ってばかりいたが、いざそうなってみると拍子抜《ひょうしぬ》けするほど那由多は以前と変わらなかった。

和真も基本はそうだが、三十を過ぎて今さらこんなに性欲が強くなるとは思わず、そこは正直誤算だった。

ずっと目を逸らしていたぶん、那由多がやたらとエロく見えて困っている。この一週間、自重に自重を重ねているのでなおさらだ。

「帰りの時間わかったら連絡入れろよ」

「うん」

和真は卓上のカレンダーに目をやった。もう少ししたらお互い年末年始の長期休暇だ。休みに入ったらやりまくるから覚悟しとけよ、と血気盛んな高校生のような目で見られているとも知らず、那由多は「ごちそうさま」と満足そうに両手を合わせた。

「那由多、スマホ」

「あ、ごめん」

テーブルの上に置きっぱなしで行こうとしたので注意すると、ちょうどのタイミングで着信音がした。

「もしもしー？」

那由多がスマホを耳に当てながら玄関のほうに出ていく。コーヒーを飲み干して立ち上がろうとすると、和真のスマホもころんと軽快な音を立てた。トークアプリが画面に表示されている。なにげなく目をやると、高校時代の部活仲間からだった。

〈おまえ次の週末って空いてない？〉

元パワーフォワードの菊池《きくち》とは、今でもちょくちょく顔を合わせている。

〈なに用だ？〉

次の週末はもう長期休暇に入っているが、那由多のほうはどうなのか、まだ確認していない。

〈突然だけど、俺、優奈《ゆうな》とつき合うことになってさ〉

菊池は弾《はず》んでいる様子だが、和真は首をかしげた。優奈って誰だ。そう返しているところに、玄関のほうから那由多の「えー、優奈ちゃんが？　菊池君と？　そうなんだ！」という素っ頓《すとん》狂《きょう》な声が聞こえてきた。

〈高校のときの服飾科の子、樋口《ひぐち》優奈。偶然飲み屋で隣になって、アウトドア話で盛り上がったっつったろ？　そのあとまた何回かメシ食いに行って、その流れでつき合うことになったんだよ〉

「俺、優奈ちゃんとはずっと会ってないから会いたいな。うんうん、行きたい！　グランピングも行ってみたかったんだよね」

〈そんで冬キャンプ行こうかってダメ元で人気のとこキャンセル待ちしてたら、定員十四名ってコテージが出たんだよ。せっかくだし、お互い高校のときの仲良かったやつら誘ってみようかって話になって。つき合うことになったって報告がてら〉

「へーすごい。そこ、人気でなかなか予約取れないって職場の人が言ってたよ。いいねいいね、冬って星きれいだし、めっちゃ楽しみ！」

手元のスマホと玄関からの那由多のはしゃいだ声が相互補完した。

「それ和真も誘っていい？　あっそうか、和真バスケ部だった！　菊池君と仲良かったよね」

本当は二人きりで家にこもりたいところだが、那由多が行きたがっているならつき合うのはやぶさかではないし、気のいい友人が喜びの報告をしてくれているのだからぜひ祝福したい。

〈そりゃよかったな。じゃあ俺も人数入れといて〉

〈お、来れる？　じゃあまた詳細連絡入れるな〉

スタンプの応酬《おうしゅう》で切り上げ、玄関をのぞくと、那由多は玄関の上がり框《かまち》に座って話し込んでいた。

「那由多、時間いいのか?」

「うぁっ、ごめん、俺今から仕事だった!」

声をかけると、相手に謝りながら慌てて立ち上がった。

「いやいや、こっちこそごめん。ほんじゃまたね~」

スマホをポケットに入れた那由多は、ミルク色のショートコートに鮮《あざ》やかなロイヤルブルーのマフラーをしていて、さすがに華やかだった。

「那由多、靴紐《くつひも》」

「あっ」

靴紐を結ぶために座っていたらしい。スウェードの靴から紐が伸びていて、和真はしゃがみこんで直してやった。

「こんくらいでいいか?」

「うん、ありがと」

立ち上がると視線が合って、こういうとき、和真はまだ少し照れがある。

「できるだけ早く帰ってくるね!」

那由多のほうはなんの遠慮もなく抱きついてきた。ちゅっと唇に軽くキスされて、和真も自然に那由多の背中を抱きしめた。

「和真、大好き」

スタイリングされた那由多の髪からは柑橘系《かんきつけい》の香りがする。

「おう」

俺も、の代わりだとちゃんと理解して、那由多の目が三日月になった。

「行ってきます」

屈託《くったく》のない那由多の笑顔につられ、今度は和真のほうからキスをした。

「へへへ」

照れるのも那由多は素直で、変な笑いかたをすると、じゃあねー、と手を振ってひらっと玄関を出て行った。

2

「えー、あそこのコテージ取れたんだ？　いいなー！」

機材の向こう半分を持ち上げながら、那由多《なゆた》の同僚女子がうらやましそうな声をあげた。

「よく取れたね。あそこほんっと人気で、半年前でももう予約いっぱいなんだよ」

上島樹《かみしまいつき》は那由多より一つ年上のＭＤ《マーチャンダイザー》で、入社時期がほぼ同じだったこともあり、普段から仲良くしている。姉御肌の気のいい女性だ。

「樹ちゃんにそれ聞いてたから、俺もびっくりしたんだよ。ダメ元でキャンセル待ちしてたら団体用のとこが取れちゃったんだって。ジャグジー付きで、テラスにすんごい望遠鏡もあるって」

「うわーいいなー。いつから？」

「明後日《あさって》から。二泊ね」

「二泊も！」

初めて連絡をもらったのが先週で、その時点では年末に突然誘って十四人も集まるだろうか、と危ぶんでいた。が、暇なアラサーがわらわらと集結した。

いつものことだが、こういう集まりでは和真《かずま》はいつの間にか主催《しゅさい》の側になっている。年末年始の休暇に入っているので、今ごろレンタカーの手配などしているはずだ。

「高校時代の友達ってのもいいよね。同窓会ぽくて」

「そうそう」

話しながら息を合わせて機材をスタジオの隅まで運ぶ。長身で体育会系の彼女と非力な那由多はちょうどいいバランスで、こういう場面ではだいたい二人一組で作業を振られがちだった。

「はい、お疲れー」

最後の機材を壁際に積み終わり、いつものように拳《こぶし》タッチでねぎらい合った。

オンライン受注会は今日が最終日で、予定時刻を大幅に超えて盛況《せいきょう》のうちに終了した。那由多渾身《こんしん》の自信作も初日のうちに限定枚数に達し、満足感でいっぱいだ。

「樹ちゃん、もしかしてだいぶ疲れてる？」

機材に埃《ほこり》よけの布をかぶせている樹の横顔が、少しやつれている気がした。

「ずっと忙しかったもんね」

「それもあるんだけど、実はあたし、彼氏と別れちゃってさー」

樹が小さく苦笑いをした。

「えっ、そうなの？」

思わずコードをまとめていた手が止まった。確か学生時代のサークル仲間で、比較的最近同棲に踏み切ったばかりのはずだ。

「けっこう長かったんじゃなかったっけ」

「いやー知り合ってからは長いんだけど、いざつき合ってみたら一年保《も》たなかったっていうね。やっぱ男女の仲になっちゃうと、いろいろ違ってきちゃうんだねー。勉強になりました」

軽い調子だったが、最後の一言はほんの少しトーンが重くなった。

「そっかぁ…」

那由多はよく知らなかったが、つき合い自体は長いものの、彼氏彼女の仲になったのは去年からだという。

「サークル合宿とか、みんなで鍋やって雑魚寝《ざこね》とかしょっちゅうで、お互いそういう対象にはなんないって思ってたのに弾《はず》みでそうなっちゃって。でもまあそのぶんいいとこも悪いとこもよく知ってる仲だし、まさかこんな早く別れるとか思ってなかったから、生活費折半《せっぱん》できるのに期待して同棲したんだよね」

樹がため息をついた。

「友達なら許せることでも彼氏だと許せないって、あるんだよね、やっぱ」

長いこと友達だったのが弾みで恋愛関係になった、というのが自分と和真に似ているような気がした。

「許せないって、例えば？」

「んー、彼が他の女の子のこと褒《ほ》めるとするじゃん？　前はふーんって普通に聞いてられたのに、なんか当てつけっぽく思えちゃったり、むかっとしたり、とかね。逆にこっちもなにげなく安曇《あずみ》君のこと話して不機嫌にさせちゃったりとかあった」

「へー…」

和真が菊池《きくち》のことを「いいやつ」と褒めても、昔も今も「ふーん」しかないけどな？　と内心首をひねる。

「調子悪くて寝込んじゃったときも、友達だったらそんな期待しないし、なんかしてくれたら大感謝だけど、これが彼氏だと、どっかでしてくれて当然、なんもしてくれないと冷たいってなっちゃうし。まああたしが甘えすぎたのかもね」

「うぅーん…そっかぁ」

これもあまりピンとこない。

和真は心配性なところがあって、ちょっとでも那由多が体調を崩すと過剰なほどああだこうだと世話を焼きたがる。小学生のころからなので、これは和真の性格だろう。最近は「おまえ明日忙しいだろ」とセックスがぬるくなるのが少々不満だ。とはいえ、一度めちゃくちゃ盛り上がって翌日の仕事に響いたことがあり、そこは那由多も反省していた。以後は和真の意見に従っている。

「彼もあたしも前と変わってないはずなのに、噛み合わなくなっちゃうの、なんなんだろうね？」

「うーん…なんでだろうね？」

そんな難しいことを訊かれても、恋愛経験の少ない那由多としてはオウム返しするしかない。

「こんなことなら寝るんじゃなかったなあ」

もうだいぶ吹っ切れているようすで、樹はあーあ、と笑った。

「せっかくいい友達だったのに、ホント失敗した。これから引っ越しもしなきゃだし、めちゃめちゃ面倒」

「もう一回やり直すとかってできないの？」

学生時代から培《つちか》ってきた友情までご破算《はさん》になってしまうのか、と那由多はそこにショックを受けた。それはあまりにももったいない。

「ほら、雨降ったら前よりよくなったってやつ、あるじゃん」

いつも中途半端にしか思い出せない慣用句を持ち出すと、ん？　と瞬《まばた》きをしてから、樹があ、と笑った。

「『雨降って地固まる』？」

「それそれ」

「無理だなー」

「どうして？　俺の彼氏のお姉さん夫婦、離婚寸前までいったけど仲直りしたよ？」

由香里《ゆかり》夫婦を思い浮かべて一生懸命言ったが、樹は首を振った。

「あたしたちはもう修復不可能。でも、ありがとね」

スタジオのほうから集合がかかり、そこで話は終わった。

樹と一緒にミーティングルームに向かいながら、那由多は「こんなことなら寝るんじゃなかった」という樹の言葉を無意識に反芻《はんすう》していた。

――雨降らないねえ、俺たちのとこ。

前に、和真とそんなことを話した。

もし和真と喧嘩したら、そのあとどうなるのかな、と考えてみたが、さっぱり想像がつかなかった。そもそも和真と喧嘩をするイメージが湧かない。那由多は和真に腹を立てたことがないし、和真のほうも那由多に対して呆れることはあっても怒るようなことはなかった。…と思う。たぶん。

和真は海より広い心の持ち主で、那由多はそれにずっと甘えてきた。でも万が一でも喧嘩になったりしないように、これからはちょっと気をつけよう。

そういえば「彼氏のお姉さん夫婦」って、俺和真のこと彼氏って呼んだな、と今さら思い出して、那由多は一人でにやついた。

和真が、俺の彼氏なんだ。

好きだ、とひそかに思いながら、絶対無理だと封印してきた気持ちを、思いがけず受け入れてもらえた。

——好きだ。

気怠《けだる》い午後の光が射し込む連絡通路で、和真は駆け寄ってくるなりそう言った。

世志輝《よしき》の懸命な訴えに感動して、俺も勇気出して言ってみよう、とあのとき那由多も決心していた。

——那由多、ずっと好きだった。

腕をつかまれ、かがんだ和真がキスしてきて——那由多が言うつもりでいたことを、和真がそっくりそのまま口にした。

思い出すと頬がゆるむ。じたじた足踏みしたいくらい幸せになる。和真が俺の彼氏になってくれたんだよ、と全世界に向かって叫びたいくらい嬉しい。

和真は頭が良くて、真面目で、かっこよくて、……そして意外にエッチが上手い。

最後の項目について具体的な事例が頭に浮かび、那由多は内心で赤面した。

本当に、あれはまったくもって意外だった。真面目そうな顔して、どんだけ履修《りしゅう》してたんだ、と糾弾《きゅうだん》したくなる。

那由多は身体が固くて運動神経が鈍《にぶ》い。和真にひょいと足を持ち上げられたり、手を背中にやっとけとか言われるたびにときめいてしまった。

初めてしたとき、ちゃんと外に出すから、とゴムなしで挿入したのも和真らしくない不埒《ふらち》さで、でもそれに変に感じてしまった。あとから気になって「ゴムつけないで外出しとかしてたんだ？」と非難したら、するわけねえだろ、と気まずそうに目を逸《そ》らせた。

「あんな切羽詰《せっぱつ》まって我慢できなかったの、初めてだったんだよ」

珍しく言い訳がましく抗弁《こうべん》し、でももう絶対しない、悪かった、と謝った。

まあ俺は妊娠しないし、変な病気もないですし、と言ったらますます困った顔をして具合悪そうに目を逸らしていた。でもそれからはちゃんとつけている。

そのゴムのつけかたも和真はすごく色っぽくて、圧《の》し掛《か》かってきながら片手でつける。膝で那由多の腿《もも》を割るのも手慣れていて、そんなあれこれに、那由多はいまだにどきどきさせられっぱなしだった。

明後日からグランピングで、でも明日は二人とも完全フリーだ。

つまり、今夜は久しぶりにゆっくりできるということで……とにやけたところで、拍手の音にびっくりした。お疲れ、の声があちこちから飛んでいて、いつの間にかミーティングは解散の流れになっていた。

「それじゃ、よいお年を」

「来年もよろしく」

営業部隊はまだこれから一山あるが、那由多たちはこの受注会が仕事納めだ。

「樹ちゃん、また来年」

オフィスのエントランスまで一緒に行って、自転車通勤している樹とはいつもそこで別れる。

「今日は愚痴《ぐち》っちゃってごめんね」

樹がマフラーを首元に巻きつけながらちょっと恥ずかしそうに言った。

「なんで。俺でよかったらいくらでも愚痴ってよ」

「ありがとう。安曇君は彼氏さんと仲良くね」

ただの同居人だったときから、那由多の職場の人たちは和真のことを彼氏だと誤解していた。そうだったら嬉しいな、と思っていたし、特に不都合もなかったのでそのままにしていたが、今は本当に和真って俺の彼氏なんだよなあ…と那由多は性懲《しょうこ》りもなく嬉しさをかみしめた。

「じゃあね。グランピング楽しんできて」

「うん、ありがと。また来年」

自転車用のメットを片手に、リュックを背負った樹はいつものように那由多に軽く手を振って駐輪場のほうに向かった。女子にしては長身で、きびきびした足取りにも弱々しいところなどない。

それでも那由多は「来年は樹ちゃんにいいことがいっぱい起こりますように」と脳内神様に祈り、樹には聞こえないよう小さく柏手《かしわで》を打った。

俺の神様けっこう強力だからね。きっといいことといっぱい起こるからね、とエールを送り、那由多も駅のほうに歩き出した。

家で彼氏が待っている。そう思うと自然に口元がほころび、足が速くなった。

3

「こんなもんか」

長期休暇に入った初日、和真《かずま》はグランピングのためにレンタカーを手配し、ドライバーの割り振りを一覧にしていた。

免許を持っていない者とペーパードライバーを除外し、高速の運転は怖いという申告や運転は任せろという申し出を組み合わせる。

今回唯一の既婚者は一人娘を連れてくる。念のために彼女もドライバー枠《わく》から外して、娘と後部座席に座れるように配置した。

誘われた立場のはずなのにいつの間にか仕切る側になっているのはいつものことで、悪いな、と菊池《きくち》はしきりに恐縮《きょうしゅく》していたが、この程度のことは慣れているのでさして負担でもない。

できたリストと集合場所や時間を念押しして全員に送ると、もう昼を過ぎていた。

午前中は溜めまくっていた洗濯物をコインランドリーで一気に片づけ、ついでに正月価格になる前に、とスーパーに寄って常備している食品類を買い込んだ。和真も忙しかったが、那由《なゆ》多《た》はここ数日オンライン受注会で帰宅は深夜だった。

が、それも今日で終わりだ。

那由多の勤務先はワーキングマザーが多いせいか、飲み会がほとんどない。受注会の打ち上げも軽食を入れたミーティングで済ませるとかで、「今日は晩ご飯、一緒に食べようね」とわざわざ言い残して出かけて行った。

グランピングは明後日《あさって》で、明日は二人とも完全フリーだ。

つまり、今夜はゆっくりできる。

和真は無意識ににやけている自分に気づき、咳払《せきばら》いをした。

十代から二十代初めにかけての、性欲に振り回される時期は完全に過ぎたが、正直、ベッドの那由多があんなに可愛いとは思っていなかった。

高校のときはほぼいつも和真と同じタイミングで彼女がいたし、卒業後は美形でふわっとした性格の那由多には、よく年上の彼女がいた。経験値は俺より上だろうとすらと思っていたのだ。

実際は「あんましたことない」「女の子とはすぐ友達みたいになっちゃう」で、もちろん男は和真が初めてだった。

はっきり言って、ものすごく興奮した。

身体が固くてぎこちないのも新鮮で、ちょっとしたことで赤くなってうろたえるのが死ぬほど可愛い。それでいて快楽には素直で積極的だ。

無理をさせたくないので、那由多の疲れ具合によっては今晩も手加減するつもりだが、少なくとも明日は朝から盛り上がっても問題ないはずだ。そのためにジェルもゴムもしっかり補充している。

「……」

いつの間にかまたよからぬ妄想をしていた。

さっきより大きく咳払いをして立ち上がり、冷蔵庫の片づけがてら煮込み料理でもつくっておくか、とキッチンに行きかけたとき、スマホが鳴った。トークアプリの姉のアイコンが画面に表示されている。

〈和真、今日から休みだよね。あんた家にいるんだったら渡したいものあるからちょっとそっ

ち寄りたいんだけど〉

由香里《ゆかり》とは世志輝《よしき》の保育園のクリスマス会で会ったばかりだ。渡したいものってなんだ、と通話をタップすると、すぐに出た。

『和真？　いまどこ？』

「家にいるけど」

『じゃあ今からそっち寄っていい？　テリーヌの新作、ギフト用の半端《はんぱ》なのがあるから那由多君に持って行こうかと思って。那由多君、うちのテリーヌ好きだって言ってたでしょ？』

甲府《こうふ》に世志輝を預けに行くので、そのついでに寄りたいということだった。

「いいけど、那由多は仕事でいないぞ」

『あら、そうなんだ』

由香里の声ががっかりした。

『世志輝が那由多君に会いたがってるんだけど、じゃあしかたないね』

「急いでないなら晩飯うちで食ってから甲府行くか？」

久しぶりに二人でゆっくりできる、と楽しみにしていたが、ニアミスで会えなかったら那由多も残念がるだろう。

「いいの？」

「今日は早めに帰るって言ってたし、那由多も世志輝に会いたいだろ」

軽い気持ちで誘ったが、その時点ではまた世志輝を預かることになるとは思っていなかった。

「え、世志輝君おばあちゃんちに？　お正月も、ずっと？」

その晩、帰宅した那由多は、キッチンテーブルにちょこんと座っている世志輝を見つけて大喜びしたが、由香里から「毎年この時期は店が戦争だから甲府に預けてるんだ」と聞いて顔を曇《くも》らせた。

世志輝が弾《はず》んでいれば那由多も「よかったねえ」と笑顔で言っただろうが、世志輝はいかにも諦めた様子でしんと静かにしている。

「母さんも年だから悪いんだけど、正月くらい親戚に会わせたいって言うし、こっちも年末ってほんと、預けるとこないのよ。万一風邪とかひかせたらどうにもならなくなるし」

クリスマス時期に第一ピークがきて、年末年始はさらにケータリングサービスの需要が重なる。保育園が休みに入るタイミングで毎年預けているのは和真も知っていた。

「可哀そうだけど、飲食やってる家の子はどこも似たようなもんだからね」

「そっかあ…」

家庭の事情、というのはひたすら運だ。本人の資質と環境の組み合わせでいろいろなことが変わっていく。世志輝の緘黙《かんもく》はだいぶましになっているが、本来はもう少し丁寧に接してやるべきなのだろう。姉もわかってはいるのだろうが、店が軌道《きどう》に乗って今が頑張りどきだというのも理解できる。

「ねえねえ和真、グランピングに世志輝君って連れて行けないかな?」

キッチンで鍋を温め直していると、着替えをした那由多がこそっと耳打ちしてきた。

「えっ?」

「西江《にしえ》ちゃんも娘連れて行くって言ってなかった? 子どもって同じくらいの子がいたほうが楽しいだろうし」

「そうだな」

和真の母親はお世辞にも子ども好きではない。その上ひたすら怠惰《たいだ》なので、孫のためになにかしてやろうという気概もない。古くて厳《いか》めしい日本家屋は、便利なマンション住まいに慣れている世志輝にはいろいろストレスもあるはずだ。ひたすら我慢で過ごす世志輝に、和真も思うところはあった。

「お正月は親戚の人と交流したほうがいいんだろうけど、年末くらいはいいじゃない。俺たちどうせ暇なんだし、グランピングのあと甲府まで送っていけば」

言われてみるとそのとおりで、むしろなんで思いつかなかったんだろう、と自分が不思議だった。

「一応菊池に確認してから姉ちゃんに言ってみるか」

結果として、二泊のグランピングに世志輝も連れて行くことになった。

わーいとはしゃぐ那由多に、世志輝も真っ赤な顔でジャンプして、ふたりでハイタッチして喜んでいた。

「ほんと、ありがとうね」

両手を繋いでくるくる回っている那由多と世志輝に、由香里が涙ぐんだ。

「那由多君のおかげで、世志輝すごく明るくなった。あんたも世志輝によくしてくれて、感謝してる」

万事《ばんじ》に強気な姉だが、このところ世志輝のことになると突然涙もろくなる。

「おおげさだな」

由香里には昔から振り回されがちだったが、人間的に尊敬できない両親をばっさり切り捨て、あたしはあたし、と我が道を行く姉の後ろ姿は和真にとって大きな勇気になった。

「なゆた」

「なになに？」

那由多にはいくらか話をするようになった世志輝が、自分の鞄《かばん》からいそいそ画用紙を出して差し出した。保育園で描いた自信作のようだ。

「うわー上手！」

人生のどこで誰と出会うか。それも運だ。

俺にとっての最大の幸運は間違いなく那由多だ。

甥《おい》と一緒にお絵かきをして笑っている恋人に、和真も心の中で感謝した。

4

よしきくんこっちー、と手招きされて、世志輝《よしき》がもじもじと那由多《なゆた》を見上げた。

「よしきくん、ほら、ぶらんこ」

テラスの端っこに設置されていたハンモックで遊んでいる女の子は「にしえ・ひかる」ちゃんだ。活発な彼女はサービスエリアで休憩するたび「おなまえ、なあに?」「おかしあげるね」と世志輝に接近していた。

「行ってくる?」

那由多と世志輝は駐車場からコテージまでの緩《ゆる》い坂道を手を繋いで上がって来たところだった。

世志輝は那由多とひかるちゃんとを交互に見比べている。どうしよう、というようにもじもじしていたが、決心したように那由多の手を離した。

「おっ、那由多がふられたのか」

ひかるちゃんのところにたたたっと駆け出した世志輝に、両手に荷物を下げて後ろから歩いて来た和真《かずま》がびっくりしたように立ち止まった。

「五歳女児の魅力に負けた」

「やっぱり子どもは子どもがいいんだな」

ハンモックを一緒に揺すって、世志輝が遠慮がちに、でも楽しそうに笑っている。

「まあ世志輝君が楽しいならおれはいいけどさ」

世志輝に「お部屋行ってるからね」と声をかけ、和真の荷物を半分受け取ってコテージの中に運び込んだ。

「すごい、いいとこだねー」

山間《やまあい》のコテージは、緩《ゆる》い斜面に点在している。鬱蒼《うっそう》とした雑木林《ぞうきばやし》の間に渓谷《けいこく》が見え、テラスからの眺めは抜群《ばつぐん》だった。夏は瑞々《みずみず》しい緑で覆《おお》われているのだろうが、ちらほら紅葉の残る冬の木立《こだち》もなかなか美しい。

コテージの中に入ると、先に来ていた友人たちがスタッフに避難経路や注意事項を聞いていた。

「それではごゆっくり」

スタッフがにこやかに去ると、全員でコテージの中を見て回った。

基本は少人数かカップル向けだが、那由多たちが借りるコテージは団体用で、テラスを挟《はさ》んで二棟《むね》続きになっている。

「那由多、こっち」

二棟をざっくり男女で分けると、服飾科の那由多はややアウェイだ。和真が「ロフトあるぞ」

と手招きした。リビングと寝室に分けられていて、寝室にはさらにロフトがついている。

「わあ、天窓から空見えるじゃん！　寝たまま星見られる」

「よし、ここ陣取《じんど》ろうぜ」

和真が隅に立てかけてあったマットレスを世志輝のぶんと三つ並べて荷物を置いた。

「早い者勝ちだ」

にやっと笑った和真がなんだか新鮮で、高校のときの友人たちといるせいか、和真にこっそりときめいていたころの気持ちを思い出してしまう。

和真がふと那由多のほうを見た。

「——」

和真が身を寄せてきて、あ、と思う間もなく唇が触れた。

ほんの軽い接触だったが、胸がどきどきした。顔が赤くなっていたらしく、和真がふっと笑って頬に触れてきた。そんな仕草もめちゃくちゃ彼氏ぽくて、那由多はうわーと心の中で叫んだ。なんか恰好《かっこう》いい。やばい。

「行こう」

和真に促《うなが》されてロフトからおりると、テラスにはもうバーベキューコンロや木炭《もくたん》が準備されていた。

「すげえ肉！」

「魚介《ぎょかい》がつくといきなりグレードアップすんなあ」

「これ何だ？　あっ燻製《くんせい》か」

旨《うま》そうー！　とバスケ部組が歓声をあげている。

「うわ～ジャグジーだ」

「アロマセットまである。可愛い～！」

向こうの棟では服飾科女子たちのはしゃいだ声が響いている。

ワゴンやテーブル、ロッキングチェアからひざ掛け毛布に至るまで同じアウトドアブランドのもので、めちゃくちゃお洒落《しゃれ》だ。コテージの居間には大画面のテレビもあって、映画やゲームを楽しめる。管理棟や併設《へいせつ》されているショップは二十四時間営業で、電話一本でなんでも持って来てくれる。まさに至れり尽くせりだ。

「こりゃ予約とれないはずだわ。ホスピタリティ溢れすぎ」

陽が落ちて風が出てきたら寒すぎるかも、と早々にバーベキューを始めることになった。世志輝はすっかりひかるちゃんと打ち解け、仲良くベンチチェアに座ってマシュマロを食べている。仲良しの四歳と五歳に、かッわいい！　と女子がツーショット撮影を始めた。

ひかるちゃんは世志輝がしゃべらなくても全く気にならないようだった。あれこれ話しかけ、うふふと笑い、お姉さんぶって世話を焼くのが楽しそうだ。

「世志輝、保育園でなかなかお友達ができないって心配してたから、ねーちゃんに送ってやるか」

ひかるちゃんと顔を見あわせて笑っている世志輝に、和真もスマホを出した。

気が合ったんだろうな、と微笑《ほほえ》ましく見ていて、那由多はふと、小学校を転校して初めて和真と目が合ったときのことを思い出した。

今でも鮮明に覚えている。

教壇に立たされて「自己紹介して」と促《うなが》され、名前を言ったら一番前の席の男の子がじっと自分を見つめていた。怒っているような眉や目、引き締まった口元が、そのころ読んでいたバトル漫画の主人公に似ていた。

目が合った瞬間、男の子の眸《ひとみ》にぐっと力がこもり、那由多はあっ、とびっくりした。今、世界がひっくり返った。

味方に出会った。

もう大丈夫だ。

脈絡もなく閃《ひらめ》いた思いに驚いて、それからじわじわ嬉しくなった。

「つじ・かずま」

隣の席に座らされ、男の子のノートに書いてあった名前を呼ぶと、男の子は「うん」と返事をした。声はぶっきらぼうだったし、目つきも「なんだこいつ」と言っていたが、那由多は男の子が素で接してくれたのを感じて嬉しくなった。

地球上に、自分の絶対的な味方がたった一人いてくれたら、もう無敵だ。

和真は初めつっけんどんだったが、那由多は全然気にしなかった。

一目見て和真をめちゃくちゃ好きになったし、こんなに全身全霊で好きなんだから和真も自分を好きになるに決まってる、と確信していた。

そのあとすごく仲良くなって、でもまさか恋人にまでなれるとは思わなかったなあ――としみじみしながら、那由多はひとまず食べるほうに専念した。

「安曇《あずみ》君、久しぶり」

こんがり焼けたスペアリブをはふはふ食べていると、ホットワインのカップを差し出された。

「あ、ありがとう」

受け取りながら、那由多は少しだけ身構えた。相手が和真の高校時代の彼女だったからだ。

「元気だった?」

「うん、おかげさまで」

橋本《はしもと》いずみは和真の初めての彼女だ。

一年のとき同じクラスになって、彼女のほうから告白してつき合いだしたはずだ。半年ほどで別れたが、詳しいことは知らない。

「世志輝君って、安曇君の甥《おい》っ子?」

いずみが那由多の隣に座りながら訊いた。目元のきつい美人だが、気さくな性格で、昔から交友関係が広かった。今回も服飾科の誰かが誘ったのだろう。

彼女も和真も高校時代の集まりがあるとまとめ役になることが多く、その関係で卒業後も顔を合わせることがあるようだった。那由多はこれといった接点がないので、いずみに会うのは数年前の学年同窓会以来だ。

「世志輝君は、和真の甥っ子だよ」

今までいずみに対して、特別思うことはなかった。こんなふうに身構えてしまうことももちろんなかった。自分の心境の変化に、那由多は少し戸惑っていた。

「そうなんだ。安曇君と手を繋いでたから安曇君の甥っ子なのかと思ってた」

「俺の姉貴の子だけど、俺より那由多に懐《なつ》いてんだよ」

那由多越しに和真が苦笑まじりに返事をした。

「姉貴が忙しいからってうちで預かったら、那由多にべったりになった」

「安曇君、小さい子に好かれそうだもんね。そういえばまだ同居してんだっけ?」

「してるよ」

「仲いいんだね」

「まあな」

どうということもない会話だ。自分越しに話をされても、普段ならなにも思わない。それなのに、那由多は妙に意固地になってスペアリブにかぶりついた。いずみが渡してくれたホットワインはチェアのホルダーに差し込んで、テーブルの烏龍茶《ウーロンちゃ》に手を伸ばした。

「なゆ、た」

「あれっ」

遠慮がちな声がして、見ると世志輝がいつの間にかそばに立っていた。

「どうしたの？　あっ、トイレ？」

もじもじしていた世志輝がこくりとうなずいた。いつもなら慌てて連れて行くところなのに、那由多は一瞬、ためらった。

「世志輝、こっち来い」

代わりに和真が立ち上がって世志輝の手を引いた。世志輝はすんなり和真とトイレに向かったが、おれに言いに来たのに、と那由多は手を引かれて行く世志輝の背中に気がとがめた。

なんですぐ連れて行こうとしなかったのか、自分でわかっていた。和真といずみを二人きりにしたくなかったのだ。やきもちを焼いていた。

「辻《つじ》君、小さい子好きなのかな」

いずみがなにげなく言った。

「世志輝君のこと、すっごい可愛がってるよ」

いずみに意地悪してしまったようで、那由多は極《き》まりが悪かった。

いずみにも、そのあと和真がつき合った子たちにも、那由多はやきもちを焼いたことなど一度もなかった。和真はもてるし、彼女がいるほうが自然だと思っていた。それに和真はつき合っている女の子のことをあまり話さなかった。

自分の彼女のことを「俺の女」扱いして、武勇伝のようにあれこれ話したがる男子が多い中、和真は「人に話すことじゃねーし」と絶対口にしなかった。だから具体的なことは考えないですんだ。

それなのに今になって「和真が初めてキスしたのはこの子なんだ」といずみの口元を眺めて嫌な気分になるなんて、まったくもって馬鹿馬鹿しい。

「なゆー」

気持ちを切り替えていずみとぼちぼち話をしていると、誰かがぽんと那由多の肩を叩いた。

「スペアリブ、まだあるぅ？」

その緩いしゃべりかたと「なゆ」呼びで、確認するまでもなく誰だかわかった。

「あるよ」

「ありがとー」

本田結衣《ほんだゆい》は那由多が初めてつき合った相手だ。

高校時代、和真がいずみとつき合い始めてすぐ、那由多もさみしさから仲良しだった彼女と交際を始めた。が、「ごめんね、好きな人できちゃった」でふられてしまった。結衣は昔からふわっとした性格で悪気もなく、那由多も「そっかあ」としか思わなかったので、別れたあともずっと仲良くしている。今回のお誘いも彼女経由だ。

「バーベキューのスペアリブ、大好き。美味《おい》しいよねー」

和真が座っていたチェアにかけて、結衣は満足げにスペアリブにかじりついた。ブティック勤めの結衣は変形ニットにトレンドのロングスカートで、メイクもネイルも思い切り凝《こ》っている。

「結衣ちゃんも飲む？」

スペアリブを食べる者にはもれなく勧めたいらしく、いずみがすかさずホットワインを差し出した。

「飲むぅ。ありがと」

他愛《たわい》のないおしゃべりが始まり、女子トークには慣れているので那由多も自然に加わった。

「そういえば、安曇君って昔結衣ちゃんとつき合ってたんじゃなかったっけ」

いずみがふと思い出したように言った。

「つき合ってたよぉ。あたし超メンクイだから。今もなゆの顔、大好き」

結衣が屈託《くったく》なく答える。

「でも俺、結衣ちゃんにふられたよね」

「だって、なゆは彼氏っていうより友達のほうがしっくりくるんだもん」

「だよねー」

二人でうなずきあっていると「なにそれ」といずみがおかしそうに笑った。

「でも、そういうのいいね。二人とも性格がさっぱりしてるからそうなるのかな。あたしは別れた彼氏と友達でいられるって、ないなあ」

考えてみると、那由多の初体験の相手は結衣だった。お互い初めて同士でどきどきしたのに、今となっては子ども同士のじゃれ合いの延長、くらいの感覚しかない。結衣も同じはずだ。だから別れても普通に友達で、ずっと仲良くしている。

「でも、あたしだって元カレでこんな仲良くしてるの、なゆくらいだよ」

結衣が意外なことを言い出した。

「別れるときってどうしても揉《も》めるじゃん。嫌なとこいっぱい見るし、見せられるし、なゆとはほんとーにそういうのなかったもんね。あたしがふったって言うけど、もとからそういうんじゃなかったたってだけだよ」

「ああ、そうかも」

それでいうと、俺は和真が初恋で、ずっと和真だけが好きだったのかもなあ、と思う。

那由多は結衣のあとは年上の女性とばかりつき合った。バイト先の先輩や、行きつけの店の常連さんなどで、みんな「ごめんね、他に好きな人ができちゃって」でふられたが、それならしかたないな、と那由多はすぐ諦めた。さすがに結衣のように親しい友達づき合いをしている相手はいないが、特にわだかまりはないし、揉めたこともない。

「ねーねー、なゆ」

結衣が声を落として、こそっと那由多のそばに寄った。

「辻君ってさー、今彼女いる？」

「いるよ」

何か考える前に、口が素早く返事をしていた。いつにない那由多の即答に、結衣が目を丸くしている。

「最近つき合い出したみたい」

むっとしている自分に驚きながらつけ足すと、「そうなんだぁ」と結衣があからさまにがっかりした。

「ま、そりゃそうだよねー。辻君って硬派っぽいけど、昔っから彼女切らさないほうだったもんね。彼女いないわけないか」

彼女っていうか、俺だけど！　と言いたいのは我慢した。

「菊池君が、辻はここんとこずっと彼女いねえぞとかって言うもんだから、ほんとかなってみんなでざわついちゃったんだよ」

高校のときも、卒業してからも、那由多に和真のことを訊いてくる女子は多かった。久しぶりに探りを入れられ、那由多はなんでこんなに腹立つんだろ、と自分が不思議だった。昔は別に何とも思わず、普通に和真の動静を伝えていたのに。

「了解、みんなに言っとこー」

「うんうん、言っといて」

「そう言う安曇君は？」

いずみが軽く訊いてきた。

「おれも最近つき合いだした」

「えっ、マジで？　いつの間に？　知らなかったぁー」

誰？　と訊かれたらどうしよう、と一瞬思ったが、結衣は「いいなあ！」と羨《うらや》ましそうに叫んだだけだった。

那由多はまだ憮然《ぶぜん》としている自分に、俺、変だな？　と首を傾《かし》げた。

気持ちがなんだか忙しい。

いつもはたいていのことは受け流すし、心に波が立ってもすぐ治まる。

それなのに、妙にざわざわした気持ちはなかなか平らにならなかった。

他愛《たわい》のない話をしていると、世志輝がまた和真と手をつないで戻って来た。

「よしきくん、チョコたべよう」

ひかるちゃんが気づいてさっそく世志輝を連れて行く。

「那由多のそれ、美味《うま》そうだな」

近くにあった椅子を引っ張ってきて、和真もスペアリブをトングで取った。

「なゆが食べてると、なんでも美味しそうに見えるよねー」

「辻君、ホットワイン飲む？」

「お、サンキュ」

偶然だが、高校のときにそれぞれつき合っていた女子と四人で飲み食いしているのが、那由多はなんだか不思議だった。

那由多は結衣と普段から交流していてなんの屈託《くったく》もないが、和真といずみは少し距離がある。それが逆に二人の間には濃い関係があったのだと思わされた。

樹《いつき》が「別れたらもう友達に戻れない」と言っていたのも思い出し、那由多は急に落ち着かない気分になった。

別れたあと気まずくなったり関係が変わったりするのは、考えてみれば当然のことだ。那由多自身はそういう経験がなかったので深く考えていなかった。

大勢でわいわいしているうちに、いつの間にか日が暮れて、雑木林の上に細い月が出ていた。風がない上、バーベキューコンロが大きいせいもあってあまり寒くはない。

女子二人は移動していき、那由多は和真とふたりでなんとなくテラスの端っこで並んで手すりにもたれた。世志輝とひかるちゃんはすっかり打ち解け、きゃあきゃあ追いかけっこをしたり、ハンモックでぶらんこをしたりしている。

「さっき姉ちゃんから電話きて、世志輝が友達とあんなに笑って遊んでるの初めて見たってえらく感動してた」

「ほんと？　よかった」

由香里は世志輝が内気なことを心配して、「あたしのせいなのかな」と自分を責めるようなことを口にする。那由多はそれが気になっていた。

「またときどき世志輝君預かろうよ」

「そうだな。姉ちゃんは世志輝のことになったらすぐ煮詰まるからな」

和真も同じようなことを考えていたようだ。

「子どもがどう育つかなんて、母親一人で決まるわけねえだろっていつも言ってんだけどな」

澄んだ冬の夜空に星がたくさん瞬《またた》いている。本当に音がしそうだ。

「だいたい自分だっておふくろみたいには絶対ならないって反面教師にしてるくせに、自分が理想のお母さんやれないって悩むの、意味わかんねえわ」

「由香里ちゃん、いいお母さんだと思うけどなあ」

那由多は父親の顔はもう覚えていないし、母親も息子にはほぼ関心がない。でも那由多には逆にそれがありがたかった。

「俺はこんなだから、あんたはあんたで好きなようにしな、ってかーさんでよかったなあって思うんだよね」

世間で理想とされる優しい心配性の母親だったら、那由多は絶対息が詰まっていた。

「だろ？　親子なんて結局のとこ相性なんだよな。運だ」

「運かあ」

確かにそうだ。

転校した先の、一番前の席に座っていた和真を思い出して、那由多はちょい、と手すりの上の和真の腕に触れた。

「俺、めちゃくちゃ運いいな」

那由多の言いたいことを理解して、和真が声を出さずに笑った。さすがに少し冷えてきて、和真の息も白い。

「そろそろ戻るか。世志輝早めに寝かせろってねーちゃんに念押しされてるしな」

「そうだね」

もたれていた手すりから身を起こすと、和真がさりげなく那由多の手の甲に指を触れさせた。そのひそやかな接触に、心臓が一拍強く跳ねた。さっき那由多が手に触ったお返しだ。でも和真の接触にはもっと性的なニュアンスがある。恋人にしかしない、独特の触れかただ。

「どうした？」

「なんでもない…」

和真と並んで歩き出すと、歩幅も、和真の肩の位置も、まったく同じだ。それなのに、やっぱり前とはぜんぜん違う。

俺たちは恋人になったんだ、と那由多は唐突に理解した。

決定的に、自分たちの関係は変わった。

和真が彼氏になってくれた、とにやけていたくせに、今の今まで本当にはわかっていなかった。

深いところでつながり合って、他の誰にも邪魔されたくない。嫉妬や独占欲、恋は汚い感情を連れてくる。

「辻君、世志輝君こっちでひかると一緒に寝かせてもいいかな」

コンロの後片付けが始まっていて、手伝いに加わろうとしていると和真が声をかけられた。見ると、世志輝がひかるちゃんと手をつないで、女子たちが使う棟の戸口で待っていた。

「そりゃ俺は助かるけど。西江大変じゃないか？」

「一人も二人も変わんないよ。ひかるの幼稚園のお友達、しょっちゅう兄弟も一緒にお泊まりに来るから慣れてるし。お風呂もこっちで入れちゃうから、着替えだけちょうだい」

「よしきくん、ゆざめしないように、ひかるがかみ、ちゃんとかわかしてあげるからね？」

ひかるちゃんはすっかりお姉さん気取りで、西江が苦笑いしている。

「うちも一人っ子で、ずっと弟か妹ほしいって言ってたもんだから、世志輝君のこと気に入っちゃってるの」

すっかり話がまとまって、じゃあ、と和真が着替えをとりに行こうとしたとき、世志輝が和真のダウンコートの裾《すそ》をがしっと握った。

「ん？　なんだ？」

世志輝はもじもじしていたが、決心したように「おふろ」と声をだした。

「おふろ、は…」

あ、女の子と入るのは嫌なんだな、と世志輝の意思を悟《さと》って、那由多はとっさに口を開きかけた。

「うん？」

和真がしゃがみこんで世志輝と目線を合わせた。先回りしそうになっていたのに気づいて、那由多は口をつぐんだ。

「どうした？」

「よしき、お、ふろ、は…っ、な、ゆたと…っ」

「うん」

一生懸命話している世志輝に、和真が励《はげ》ますようにうなずく。

「な、ゆたと…は、いる」

「いいか？　那由多」

「もちろんいいよ！　一緒に入ろう」

ちゃんと意思表示できた世志輝に感激して、那由多はぶんぶんうなずいた。

「そっかあ、女の子とお風呂、やだったんだね。ごめんね」

西江が謝った。世志輝は慌てたように首を振って、ひかるちゃんの手をぎゅっと握った。おふろが嫌なだけで、ひかるちゃんのことは好きだ、というのを伝えようとしている。

「じゃあ、おふろおわったら、こっちおいでね！」

ひかるちゃんがにっこりして、世志輝もほっとしたように笑った。

「世志輝君、すごい」

思わず言うと、和真も世志輝の頭に手をやった。

「ちゃんと言えて偉かったな」

世志輝がふうっと息をついた。一大決心がちゃんと通じたことに高揚しているのがわかる。

「じゃあ、またあとでね」

「了解」

「辻君、また明日ね」

「おう」

いずみと和真が短く挨拶《あいさつ》を交わすのを横目で見て、那由多も結衣に「おやすみ」と声をかけた。世志輝はひかるちゃんに手を振っている。

世志輝が自然に手をつないできて、和真と一緒にぶらんこしてやりながら部屋に向かった。

世志輝君、すごいなあ、こういうのを成長っていうんだなあ、と感心しながら、那由多は人

は変わるんだなあ、としみじみと感慨にふけった。

自分は変わらないつもりでも、いろんなことがいろんなふうに変わっていく。なにもかも同じではいられない。あれほど揺るがなかった和真との関係も、こんなに変わった。

世志輝に笑いかけている和真の横顔を見やって、那由多はふっと怖くなった。

恋が終わって情熱が去って、和真が別の誰かを好きになったら。——もしも、和真と別れることになったら。そしたら友達でもいられないのか？

「那由多？」

「あ、ご、ごめん」

あまりに恐ろしい想像に、足が止まっていた。

結衣とは友達に戻れた。でも和真とは無理だ。これは恋だから、絶対に元には戻れない。

和真がいなくなる——と考えただけでひっとなって思考停止した。嫌いな虫を見つけて固まるみたいにそこから先は考えられなかった。

和真がいなくなる？

想像もできない。無理すぎる。

5

「世志輝《よしき》君、たった二日で、なんかお兄ちゃんになったよねえ」

世志輝を甲府《こうふ》に送り届け、帰りの車で那由多《なゆた》がぽつりと言った。

パーキングエリアをひとつやり過ごし、次のサービスエリアで晩飯を食うか、と和真《かずま》はナビの渋滞情報を見ながら段取りしていた。

「そうだな。結局、途中離脱もしなかったし」

いくら和真と那由多が一緒でも、帰りたい、と泣き出す事態も想定してレンタカーを借りていた。が、かなり疲れた様子ではあったが、世志輝は二泊三日を無事満喫《まんきつ》して、甲府の祖母と「ばいばい」と手を振っていた。

「おまえも疲れたろ」

「そんなことないよ?」

実は和真は、那由多の様子のほうがずっと気になっていた。二日目の朝から、なんとなく元気がない。

結衣《ゆい》も何度か「なゆ、あんまり食べないね?」と声をかけていた。体調でも悪いのかと心配したが、そんなことはない、と言う。「和真のほうがずっと運転してて疲れてんじゃない?

俺、運転できなくてごめん」

　那由多が申し訳なさそうに謝った。

「いや、別に」

　那由多は免許をもっていないし、取ろうという気もない。俺が運転したら事故起こす未来しか見えないよ、と言っていて、それは和真も同感だった。和真は特に車が好きというわけではないが、運転は苦にならないほうなので、今までも和真が運転手になるのは当然のことだった。那由多に「ごめん」などと神妙に謝られると調子が狂う。

「眠かったら寝てていいぞ」

「ありがと」

「腹減ってないか？」

「まだ五時半だよ」

　笑ったが、やはりどこか覇気《はき》がない。

「渋滞しなきゃいいけどな。どこかサービスエリアで食って帰るか」

「うん」

　那由多が窓のほうに寄りかかった。

「なんか、降りそう」

　妙に気怠《けだる》い声に、ちらっと横目で見ると、道路の壁面を流れるライトが那由多の頬を青白く縁《ふち》どっていた。

「那由多」

「うん？」

手をのばして那由多の手を握ると、びくっとした。

「なんだよ」

「や、びっくりして」

引こうとしていた手を引き留めて指を絡めると、那由多が眉を寄せた。

「……」

「どうかしたのか？」

「和真ってさ、ほんとこういうことに慣れてるよね」

言いながら小さくあくびをしたので、やっぱり疲れてんだな、と和真はカーステレオの音量を下げた。

結局、たいした渋滞にははまらずにすんで、予想していたよりずっと早く家に帰れた。

ただ、那由多の様子ははっきりとおかしかった。車の中で少し寝て、サービスエリアで夕食をとったときも、那由多はずっとぼんやりしていた。

「那由多？」

レンタカーを返す前に先に那由多だけマンションの前で下ろしたので、和真が帰ったとき、那由多は荷物をあけて洗濯機を回し始めていた。

「おかえり」

和真に気づいて、洗濯機の前に立っていた那由多が振り返った。もういつもの部屋着に着替えている。

「寒くないのか」

リビングのヒーターはついているようだが、浴室のあたりは冷え切っている。

「ちょっとね」

「やっぱりおまえ、体調悪いんじゃないのか？」

近寄ると身体を固くするのがわかった。

出かける直前まで受注会で忙しかったし、風邪を引くのはたいてい気を張ったイベントが終わった後だ。

「熱計ってみろよ」

心配になって額《ひたい》に手を当ててみたが、ひんやりしていて少なくとも熱はなさそうだ。

「和真」

「ん？」

那由多が額に手を当てられたまま、目だけ上げて和真を見た。

「前はこういうの、やんなかったよね」

ちょっと考えて、意味がわかった。

「そりゃな」

額に手を当ててるくらいは前もやっていたが、抱き込むような姿勢で、息がかかるほど近くに顔を寄せたりはしなかった。パーソナルスペースが友達と恋人ではぜんぜん違う。

もしかして那由多はこんなふうに触られるのが嫌なのか、と額から手を引くと、那由多は和真にもたれかかってきた。

「どうした？」

スキンシップが嫌なわけじゃないのか、と和真はそっと那由多の背中に腕を回した。

「——和真って、本当に彼氏っぽくなったよね」

那由多がぼそっと言った。

「本当に彼氏なんだから彼氏っぽくていいだろ」

「っていうかさ」

那由多が顔を上げた。

「真面目そうな顔してて、考えてみたら和真ってつき合った女子何人いるんだよ。多すぎるよ」

「多すぎるって、那由多も似たようなもんだろ」

突然糾弾《きゅうだん》されて戸惑ったが、ぼんやりと覇気がないよりずっといい。

「俺なんかよりぜんぜん多いし！　和真が橋本《はしもと》さんとそっけない感じで話してるのも、嫌だった。淡々としてさ、いかにも昔の彼女だった、みたいな、壁ぽいのあって」

「何の話してるんだ？」

脈絡のない話には慣れているが、さすがについていけない。いずみとつき合っていたのが今わかったのならともかく、ずっとのほほんとしていた事柄に突然「嫌だった」と表明されても困惑しかない。そもそも仲よさそうにしてたのがむかつく、というのなら理解もできるし、そんなふうに見えたのなら気をつけようとも思うが、「そっけない感じで話してた」のを責める那由多の感性が謎だ。

「何にそんな怒ってるんだ？」

ひとまず落ち着かせようとしたら、那由多はさらに不機嫌そうに眉を上げた。

「そういうとこがさ、なんだかさ」

「そういうとこってなんだよ？」

さすがにちょっと苛立《いらだ》った。

「和真はさ、彼氏っぽくなったじゃん。なんかそれが嫌。すっげー嫌。とにかく嫌」

「俺、そんな彼氏面《づら》してたか？」

「それ！　今の！　そのちょっと困った顔とか！」

那由多が急に声を張り上げた。

「和真が彼氏になってくれたのは嬉しいけど、なんか、なんかさ…」

「何が言いたいんだ」

那由多の言語能力があやしいのはいつものことだが、それにしても若干《じゃっかん》情緒不安定だし、こんなふうにつっかかるような物言いをするのも滅多《めった》にないことだ。

「なんか腹立つ」

「意味わかんねえわ」

那由多が自分に対して腹を立てていること自体がレアで、対処法がわからない。そういえば「あたしが怒ってるときはとりあえず抱きしめて」って言ってた子がいたな——ともうそれを言ったのが誰だったかも忘れたアドバイスが脳裏《のうり》によみがえった。

「那由多」

もう一度強引に抱き寄せようとして、あ、これか、と閃《ひらめ》いた。

こういうのを「慣れてる」と糾弾しているのだ。つまり——

那由多がぎゅっと睨んでいる。

「——那由多、もしかして、俺が前につき合ってた女子全般に嫉妬してんのか?」

彼氏っぽいとか、経験がどうとか、ごちゃごちゃ言っていたのもそれで繋がる。

那由多は返事をしなかったが、かすかに頬が赤くなった。

「全員きっちり切れてるし、なんなら俺はずっと那由多が好きだったし、この先も心変わりしないって断言できるけど、これ言うのも彼氏っぽくて嫌なのか?」

「……」

那由多がうつむいて首を振った。手のひらで顔の半分を覆《おお》ったが、耳が赤くなっているのは隠せていない。

「ごめん。俺、なんか…変なんだ」

「そうみたいだな」

那由多の言動の脈絡のなさや、唐突に話し出す癖には慣れているが、情緒不安定な那由多というのは記憶にない。

「――俺の職場の、仲良くしてる人が、彼氏と別れたんだって」

「うん」

那由多がまた唐突に話を始めた。

「学生のときのサークルの友達だったのが彼氏になったんだって。ずっと仲良くて、いいところも悪いとこもよく知ってる仲だしってすぐ同棲始めたんだけど、うまくいかなくなっちゃって…なんでだったっけ？　えっと…なんでだったかな？　忘れた…まあいいや、そんで、せっかくいい友達だったのに、ってすごく後悔しててさ」

相変わらずまとまりのない話しぶりだが、那由多の話を聞いているとなぜかいつもほっとする。和真は那由多の髪を撫でた。柔らかくて手触りのいい髪だ。ずっとこんなふうに撫でたかった。

「樹《いつき》ちゃんが寝なきゃよかったって後悔してたの、思い出したらなんかすごい怖くなって――俺は、俺たちは違うって思ってたけど、人って変わるよね？　和真、前はそんな彼氏っぽくなかったのに、な、なんか、かっこいい感じになっちゃって、俺も和真にすっごいどきどきするし。和真と橋本さんはちょっと距離あるけど、俺は結衣《ゆい》ちゃんとはずっと普通に友達で、それって俺と結衣ちゃんはたぶんつき合ってたときから恋愛じゃなかったからなんだよ。だから普通に友達に戻れたけど、結衣ちゃんと和真は違う。前は和真の彼女にし、嫉妬とかしなかったのに今はなんか嫌なんだ。この子とキスとかしたんだなって思ったらすごい嫌だったし…」

蓋《ふた》が取れたようにしゃべりだして、那由多はまた急に黙り込んだ。

「那由多」

「ん」

那由多の言っていることは、一から十まで理解できた。和真は那由多の手に触れた。指を絡めるようにして、自分のほうに引き寄せる。那由多はされるままになっていた。

「俺は本田《ほんだ》結衣、高校の時から嫌いだった」

「えっ、結衣ちゃんいい子だよ？」

「いずみだって性格いいわ」

「う、うん……」

何年遅れで嫉妬とか言い出してるんだ、と思ったらおかしくなった。

「別れたら、友達にも戻れないものなのかなあ？」

那由多の声が小さくなった。

「弾《はず》みで寝ちゃって、って後悔してた」

「俺たちは弾みで寝たんじゃねーだろが」

仰向《あおむ》かせた顔に唇を落とすと、那由多がむ、と眉を寄せた。

「別れたら、俺たちもう友達にも戻れないの？」

「だから、俺たちは弾みで寝たんじゃないだろって言ってんだろうが」

那由多がじっと見つめてくる。和真はその目を見返した。

「俺はめちゃめちゃ迷って、めちゃめちゃ悩んでた。でも先送りしてたら絶対後悔するっていうのも本当はわかってたんだ」

那由多が目を瞠《みは》った。

「出会ったのは運だけど、俺たちがずっと一緒にいたのは俺たちの意思だろ。それで、俺たちはもう十分大人になっただろ。だから選択から逃げられない。言わないままでいるのだって選択だし」

あのとき——那由多が家を出ていくと言い出して、今言わないとだめだ、と覚悟を決めた。

「俺は友達になんか戻らない。別れる未来もない」

言い切ると、那由多が瞬《まばた》きをした。

「そ、そう…か」

「そうだろ?」

那由多が隣にいない未来はない。

「う、うん、そうだ」

那由多がはあっと息を吐いた。

「本当にそうだ」

恋愛は儚《はかな》い。恋は続かない。でも情熱が去ったあとにも絶対に那由多を手放したりしないし、那由多も同じはずだ。

それより今のこの気持ちをこれ以上抑《おさ》えたら、なかったことにしてしまったら、きっと後悔する。

鬱陶《うっとう》しいほど長くて密集した睫毛《まつげ》が動く。形のいい眉と綺麗な鼻梁《びりょう》、そして右目がわずかにずれている。

「…那由多」

那由多の瞳に、昔から強烈に惹《ひ》かれる。

光の加減では金茶色に見える虹彩《こうさい》は、瞳孔《どうこう》が普通より大きい気がする。右と左のバランスが崩れるとどこを見ているのかわからなくなって、和真はそのたび不安になる。

今もわずかに逸《そ》れる右目に吸い寄せられて、和真は思わず顔を近づけた。

「──」

少しだけ屈《かが》んで顔を傾けると、那由多もそれに合わせて唇を開いた。

しっとりと濡れた唇に唇を合わせると、那由多が自然に首に腕を回してきた。

ずっとこうしたかった。

でも失うことが怖くて一歩が踏み出せなかった。

「和真」

手に入れたから、もう絶対に離さない。

どちらからともなくリビングに移動し、那由多をソファに押し倒した。何度かキスを繰り返し、合間に那由多が囁いた。

「うん?」

「なんで和真、こういうときすげーかっこいい感じになるの?」

素朴《そぼく》に訊かれて苦笑した。

「普通だろ」

「和真がこんなだって、知らなかった」

確かに和真も那由多がこんなふうに純な反応をするとは知らなかった。

なにもかも知っているはずの幼馴染みの、見えなかった側面に和真もずっと動揺している。

「手上げて」

那由多の部屋着は脱がせるのが楽だ。キスしながら裾《すそ》から手を入れ、すぽんと頭を抜くと、下着だけになる。それもひょいと膝まで下げてしまうと、那由多が自分で脱いだ。

「寒いか？」

「大丈夫」

ヒーターが微《かす》かな稼働音《かどうおん》をたてている。那由多が肘《ひじ》をついて身体を起こした。和真が脱ぐのをじっと見ている。明らかに興奮していて、なんだか妙な気分になった。セーターを頭から脱ぎ、デニムをぽいと脱ぎ捨てる。

「和真」

「ん？」

那由多の手のひらが下着の中に入り込んできた。

「今日は最後までしよ？」

耳に口をくっつけるようにしてきて、ついでに遠慮なく握ってくる。

「当然だな」

ずっと我慢してたのはこっちのほうだ。

キスすると甘い舌が待ち構えていて、那由多は積極的に舌を絡めてきた。那由多はキスが好きだ。

「あぅ……ん……」

首筋を舐《な》めて、鎖骨《さこつ》からその下に移動する。小さな乳首を舌で潰《つぶ》すと、とたんに那由多が息を乱した。

柔らかい粒がたちまち固く尖り、那由多がぎゅっと目をつぶった。那由多は快楽に弱い。初めのころは乳首が感じるのが恥ずかしかったらしく、毎回抵抗されたが、今はすっかり慣れて、ちょっと触れるだけで敏感に反応する。

「――あ、ぁ……っ」

小さな粒を舌先でちろっと舐めると、那由多の下半身がぐっと力をもって和真の下腹を撫でた。性器がこすれ合うのがまだどうにも慣れず、背徳感に興奮が募《つの》った。

「う――ん、……っ、は、あ……っ」

キスしながら那由多の腰がゆるゆると動く。敏感な裏側同士がこすれ合って、否応《いやおう》もなく昂《たかぶ》った。

「気持ちいい…和真、もっとして……」

那由多の腰の動かし方がエロい。その上もうとろっと先端から粘液《ねんえき》をこぼしていて、ぬるついた感触が性感を高める。

「和真…」

まだ行為の手順は手探りで、お互いの性感帯も完全には把握していない。小さな粒を交互に舐めているうち、那由多が自然に足を開いた。

本当はもっといろいろしたかったが、欲求が抑えられない。

いつの間にか置きっぱなしになっているローションのボトルを取って、手のひらに出す。ひんやりとしたジェルを両手でまぶして温めると、那由多が息をはずませながら肘をついて身体を起こした。

「和真さ、久しぶりだからすぐ入んないとかって思ってるだろ？」

ローションをたっぷり出しているのを見て、那由多がちょっと言いにくそうに切り出した。

「そうでもない、と思うんだよな」

「ん？」

「だって和真、明日仕事だろって生殺しにするからさ…」

言いづらそうに声が小さくなる。すぐには意味がわからなかった。

「でも一人でやっても中イキできなくてよけいモンモンとしちゃうんだよな」

一人でやって、のところでちらと和真を見る。

「中の気持ちいいとこ、あそこでイクの癖になるんだけど、イマイチうまくできないんだよ」

「…おまえ、そういうことをなんでぺろっと言うんだよ」

かっと頭が熱くなった。

だって、と言い訳しようとしている那由多に「もう黙ってろよ」と封じた。煽《あお》るつもりなど一切ないことはよくわかっているが、一気にボルテージが上がる。

「――う、……っ」

開いた足の間、狭いところに温めたジェルを落とすと、指がすんなり入った。那由多は後ろに肘をついたまま顎《あご》をあげた。

喉のライン、鎖骨、肩、そして唾液《だえき》で濡れた乳首がいやらしい。浅いところで指を出し入れすると、呼吸が速くなった。

「あ、あ……」

「那由多」

「う、ん……な、なに……？」

「気持ちいいとこって、ここだろ」

確かに思っていたより抵抗感がない。中指をゆっくり押し込むと、丸みを帯びた箇所《かしょ》に触れる。那由多が「あ」と息を止めた。

「そこ、ア、気持ちい…い」

那由多はぎゅっと目を閉じた。後ろに手をつき、両足を開いて、無意識に腰を動かしている。はあ、はあ、と湿った息がだんだん激しくなった。柔らかなアンダーヘアが垂れてくる体液でもうぐっしょりと濡れている。

「すげえな」

「なに」

「すごい垂れてる」

「ん、な、中弄《いじ》られると、…なんか、こう、なるんだよね…も、入んない？」

「まだ無理だろ」

話しながら那由多が顔を寄せてきて、ちゅ、ちゅ、と軽いキスを交わした。

「濡れてんの、すげーエロいんだけど」

「そう？」

那由多が視線を落とした。

「うぁ……」

暗くてあまりよく見えないはずだが、那由多が恥ずかしそうな声を出した。

「和真の手、やらしい」

「俺かよ」

「男の手だ」

「当たり前だろ」

キスが徐々に深くなり、那由多が舌を出した。

「——ん、……っ、……」

口の外で舌同士を絡ませ合うと、那由多が顔をくっつけてきて、和真の口の中に入って来た。

下顎を撫で、ぬるぬると動く。那由多の舌は自由だ。

「ねえ、顔見てやりたい」

そろそろ充分だな、とお互いわかったところで那由多が息を弾ませながら言った。指を抜くと、ソファに仰向《あおむ》けになった。和真は脱ぎ散らした服のポケットからゴムを出した。歯で端を咥《くわ》えてぴっと破る。

「それ」

「ん？」

「やらしーんだそれ」

いつもの要領で装着《そうちゃく》しているのを見て、那由多が呟いた。

「和真のゴムのつけかた、めちゃエロい」

そんなことを言われたのは初めてだ。

「今からやるって感じで、ぞくぞくする」

「その通りだろ。今からやる」

なにが那由多に刺さるのか、まったく謎だ。那由多は「うわ」と声を洩らしてわかりやすく目を潤《うる》ませた。

「足開いて」

そこにあったクッションを取って那由多の腰の下に敷いた。

「うーーー…」

片足を持ち上げてあてがうと、那由多が挿入しやすいように腰を動かした。最初の抵抗感を突破すると、思っていたよりスムーズに入る。

「あ、いい……っ」

那由多の手が肩にすがってきた。

「和真、…こ、こんなに、大きかったっけ……?」

驚いたように言われて、中でぐっと反応してしまう。那由多がびくっと震えた。

「あ、いまイッた」

那由多がはあっと大きく息を吐きだした。

「今?」

「ん、…待って、いま…イッてるから」

今、というより、もう?　と驚いたが、軽い絶頂がきているらしい。蠕動《ぜんどう》があって、那由多の喉もひくっと動いた。

「いい…すっごい…気持ちいい」

そのわりに性器は力を失くしていて、奥の快感に打ちのめされている。焦点の合わない目を見ていると熱が溜まってきて我慢できなくなった。

「もういい?」

「ん、うん…あっ…」

軽く突き上げただけなのに、那由多がのけぞった。

「あ、あ、…ッ」

肩にすがっていた手が爪を立てて、その痛みがさらに我慢をきかなくさせた。根本まで押し込むと、反射のように那由多が射精した。肌にばたばたと生ぬるいものが当たる。

「う、…う……っ」

ソファが軋《きし》んだ。膝で体勢を安定させて、和真は夢中になって那由多を貪《むさぼ》った。

「あ、ああ、……、は、はあ…い、いい…すごい……」

那由多の白い額が汗で濡れている。半開きの口、そこからのぞく舌、密着する肌が熱を帯びてなにもかもが興奮の種になった。

「——和真……」

肩に縋《すが》っていた手が離れた。和真は指を絡めて那由多を縫《ぬ》い留《と》めるようにソファに押しつけた。

「また、イク、あ、あ…っ」

中がびくびく痙攣《けいれん》した。大きなうねりに抵抗できない。射精の瞬間は頭が痺《しび》れるように気持ちがよかった。

「——は……っ」

那由多がぐったりと弛緩《しかん》して、和真はその上に折り重なった。余韻《よいん》が抜けず、動けない。

那由多の腕が背中に回ってきたが、那由多もそれ以上何もできない様子で、しばらくただお互いの激しい息を聞いていた。

「すごかった…すっごいよかった…」

那由多がはあはあ息を切らしながら呟いた。

「あ」

ゆっくり抜くと、それがまた余韻を呼んだらしく、那由多が声を洩らした。

「大丈夫か?」

「うん…和真」

どちらからともなくキスを交わし、微笑み合った。

「めちゃめちゃよかった」

「俺も」

「でもへろへろになった」

「満足したか?」

「したした。これ明日仕事だったらまた泣くとこだ」

「加減を覚えるべきだな、俺たち」

「確かに」

快楽に貪欲《どんよく》な那由多は「生殺しもきついし、こんなにすごいの毎回したら死ぬし」と真剣に考えている。

「よし、年末年始は加減を覚えよう。それ目標にいっぱいしよう」

「すげえ目標だな」

和真はタオルをお湯で絞《しぼ》って那由多に渡した。恥じらいもなにもなく、「えらいことになってる」とぶつくさ言いながら身体を拭《ふ》いている那由多に、ふっとこの先もずっと俺たちはこうしているんだろうな、と思った。

変わっていくこともあれば、変わらないこともあって、でも自分たちが一番自分でいられるのはお互いの隣だ。

「ねえ和真」

那由多がごそごそ部屋着を頭からかぶり、すぽんと首を出した。

「やっぱり俺たちのとこには雨降らないねえ」

「だな」

でも地面はずっとかちかちに乾いている。

「もし降ったら、そんときは一緒に雨宿りしようぜ」

「楽しそう」

同時に声を出して笑って、軽くキスを交わした。

隣にお互いがいる限り、雨が降っても止《や》んでも、ずっと足場は万全だ。

あとがき

AFTERWORD

—安西リカ—

こんにちは、安西リカです。

このたびディアプラス文庫さんから十八冊目の文庫を出していただけることになりました。こんなにたくさん本を出していただけたのは、いつもご贔屓《ひいき》にしてくださる読者さまのおかげです。本当にありがとうございます……！

今作はディアプラス本誌の「子育て」特集で書かせていただいたお話になります。担当さまにお尋ねしたところ、実子でなくてもいいし、短い期間預かるだけの設定でもいい、とのことでしたので「姉の子を預かることで長年の膠着《こうちゃく》状態から一歩踏み出す」という内容になりました。

好きな要素の詰め合わせですので、「またこれか」感もあろうかと思いますが、定番のよさということで楽しんでいただけましたら幸いです。

今回イラストをお引き受けくださった佐倉《さくら》ハイジ先生には、新人賞に応募していたころ、投稿作にイラストをつけていただきました。もう大興奮で大喜びしたのですが、こうしてまたイラストを描いていただけて感無量です。

佐倉先生、本当にありがとうございました。

雑誌掲載時、コメント欄にキャラを描いてくださったのが嬉しくて、またしても担当さまに「文庫にも入れてください！」とお願いしてしまいました。中学時代の二人が可愛いです！

今回もたくさんお世話になった担当さま、関わってくださったみなさまにもお礼申し上げます。今後ともよろしくお願いいたします。

最後になりましたが、ここまで読んでくださった読者さま。ありがとうございました。

毎回「これ私以外に面白いと思う人いるのかな…？」と首をかしげてばかりなのですが、自分なりの小さな萌えを拾っていきたいと思っていますので、お口にあいそうなものがありましたらぜひまた読んでやってください。

手に取ってくださったときに少しでも楽しんでいただけますよう、これからも精一杯頑張ります。

安西リカ

中学時代の
2人もすごく好きです♡
ありがとう
ございました

この本を読んでのご意見、ご感想などをお寄せください。
安西リカ先生・佐倉ハイジ先生へのはげましのおたよりもお待ちしております。

〒113-0024　東京都文京区西片2-19-18　新書館
[編集部へのご意見・ご感想] ディアプラス編集部「恋になるには遅すぎる」係
[先生方へのおたより] ディアプラス編集部気付　○○先生

- 初出 -
恋になるには遅すぎる：小説ディアプラス2019年アキ号（Vol.75）
降っても止んでも：書き下ろし

[こいになるにはおそすぎる]
恋になるには遅すぎる

著者：**安西リカ** あんざい・りか

初版発行：2020 年 11 月 25 日

発行所：株式会社 新書館
[編集] 〒113-0024
東京都文京区西片2-19-18　電話（03）3811-2631
[営業] 〒174-0043
東京都板橋区坂下1-22-14　電話（03）5970-3840
[URL] https://www.shinshokan.co.jp/

印刷・製本：株式会社 光邦

ISBN978-4-403-52519-3